这才是我说的

曹丞 著

南方出版传媒 花城出版社
中国·广州

图书在版编目（CIP）数据

这才是我说的 / 鲁迅著 . -- 广州：花城出版社，2022.2

ISBN 978-7-5360-9646-2

I. ①这… II. ①鲁… III. ①鲁迅散文－散文集 IV. ① I210.4

中国版本图书馆 CIP 数据核字 (2022) 第 001920 号

出 版 人　肖延兵
特约策划　金丽红　黎　波
责任编辑　陈诗泳　欧阳佳子
特约编辑　张　维　张金红
技术编辑　薛伟民　林佳莹
封面设计　郭　璐
内文制作　张景莹
绘　　画　一　桐
责任印制　张志杰　王会利
媒体运营　刘　冲　刘　峥　洪振宇
数字平台统筹　高　梦
法律顾问　梁　飞
版权代理　何　红

书　　名　这才是我说的
　　　　　ZHE CAISHI WO SHUO DE
出版发行　花城出版社
　　　　　（广州市环市东路水荫路 11 号）
经　　销　全国新华书店
印　　刷　三河市兴博印务有限公司
　　　　　（河北省廊坊市三河市杨庄镇大窝头村西）
开　　本　880 毫米 ×1230 毫米　32 开
印　　张　7.5
字　　数　159, 000 字
版　　次　2022 年 2 月第 1 版　2022 年 2 月第 1 次印刷
定　　价　58.00 元

购书热线：010-58678881

花城出版社网站：http://www.fcph.com.cn

北京长江新世纪文化传媒有限公司
www.cjxinshiji.com
出品

目 录

我家后园有两棵枣树

人活着就是为了吃糖

我周树人从来不骂人

我没有做小说的才能

今天没信收，有些惆怅

致青年人：我不是你的导师

附　录

我家后园有两棵枣树

一件小事

我从乡下跑到京城里，一转眼已经六年了。其间耳闻目睹的所谓国家大事，算起来也很不少；但在我心里，都不留什么痕迹，倘要我寻出这些事的影响来说，便只是增长了我的坏脾气，——老实说，便是教我一天比一天的看不起人。

但有一件小事，却于我有意义，将我从坏脾气里拖开，使我至今忘记不得。

这是民国六年的冬天，大北风刮得正猛，我因为生计关系，不得不一早在路上走。一路几乎遇不见人，好容易才雇定了一辆人力车，教他拉到S门去。不一会，北风小了，路上浮尘早已刮净，剩下一条洁白的大道来，车夫也跑得更快。刚近S门，忽而车把上带着一个人，慢慢地倒了。

跌倒的是一个女人，花白头发，衣服都很破烂。伊从马路边上突然向车前横截过来；车夫已经让开道，但伊的破棉背心没有上扣，

微风吹着，向外展开，所以终于兜着车把。幸而车夫早有点停步，否则伊定要栽一个大觔斗，跌到头破血出了。

伊伏在地上；车夫便也立住脚。我料定这老女人并没有伤，又没有别人看见，便很怪他多事，要自己惹出是非，也误了我的路。

我便对他说，“没有什么的。走你的罢！”

车夫毫不理会，——或者并没有听到，——却放下车子，扶那老女人慢慢起来，搀着臂膊立定，问伊说：

“您怎么啦？”

“我摔坏了。”

我想，我眼见你慢慢倒地，怎么会摔坏呢，装腔作势罢了，这真可憎恶。车夫多事，也正是自讨苦吃，现在你自己想法去。

车夫听了这老女人的话，却毫不踌躇，仍然搀着伊的臂膊，便一步一步的向前走。我有些诧异，忙看前面，是一所巡警分驻所，大风之后，外面也不见人。这车夫扶着那老女人，便正是向那大门走去。

我这时突然感到一种异样的感觉，觉得他满身灰尘的后影，刹时高大了，而且愈走愈大，须仰视才见。而且他对于我，渐渐的又几乎变成一种威压，甚而至于要榨出皮袍下面藏着的“小”来。

我的活力这时大约有些凝滞了，坐着没有动，也没有想，直到看见分驻所里走出一个巡警，才下了车。

巡警走近我说，“你自己雇车罢，他不能拉你了。”

我没有思索的从外套袋里抓出一大把铜元，交给巡警，说，“请你给他……”

风全住了，路上还很静。我走着，一面想，几乎怕敢想到我自己。以前的事姑且搁起，这一大把铜元又是什么意思？奖他么？我还能裁判车夫么？我不能回答自己。

这事到了现在，还是时时记起。我因此也时时熬了苦痛，努力的要想到我自己。几年来的文治武力，在我早如幼小时候所读过的“子曰诗云”一般，背不上半句了。独有这一件小事，却总是浮在我眼前，有时反更分明，教我惭愧，催我自新，并且增长我的勇气和希望。

发表于一九一九年十二月一日《晨报·周年纪念增刊》

说胡须

今年夏天游了一回长安，一个多月之后，胡里胡涂的回来了。知道的朋友便问我："你以为那边怎样？"我这才栗然地回想长安，记得看见很多的白杨，很大的石榴树，道中喝了不少的黄河水。然而这些又有什么可谈呢？我于是说："没有什么怎样。"他于是废然而去了，我仍旧废然而住，自愧无以对"不耻下问"的朋友们。

今天喝茶之后，便看书，书上沾了一点水，我知道上唇的胡须又长起来了。假如翻一翻《康熙字典》，上唇的，下唇的，颊旁的，下巴上的各种胡须，大约都有特别的名号谥法的罢，然而我没有这样闲情别致。总之是这胡子又长起来了，我又要照例的剪短他，先免得沾汤带水。于是寻出镜子，剪刀，动手就剪，其目的是在使他和上唇的上缘平齐，成一个隶书的一字。

我一面剪，一面却忽而记起长安，记起我的青年时代，发出连绵不断的感慨来。长安的事，已经不很记得清楚了，大约确乎是游历孔庙的时候，其中有一间房子，挂着许多印画，有李二曲像，有历代帝王像，其中有一张是宋太祖或是什么宗，我也记不清楚了，总之是穿一件长袍，而胡子向上翘起的。于是一位名士就毅然决然地说："这都是日本人假造的，你看这胡子就是日本式的胡子。"

诚然，他们的胡子确乎如此翘上，他们也未必不假造宋太祖或什么宗的画像，但假造中国皇帝的肖像而必须对了镜子，以自己的胡子为法式，则其手段和思想之离奇，真可谓"出乎意表之外"了。清乾隆中，黄易掘出汉武梁祠石刻画像来，男子的胡须多翘上；我们现在所见北魏至唐的佛教造像中的信士像，凡有胡子的也多翘上，直到元明的画像，则胡子大抵受了地心的吸力作用，向下面拖下去了。日本人何其不惮烦，孳孳汲汲地造了这许多从汉到唐的假古董，来埋在中国的齐鲁燕晋秦陇巴蜀的深山邃谷废墟荒地里？

我以为拖下的胡子倒是蒙古式，是蒙古人带来的，然而我们的聪明的名士却当作国粹了。留学日本的学生因为恨日本，便神往于大元，说道"那时倘非天幸，这岛国早被我们灭掉了！"则认拖下的胡子为国粹亦无不可。然而又何以是黄帝的子孙？又何以说台湾人在福建打中国人是奴隶根性？

我当时就想争辩，但我即刻又不想争辩了。留学德国的爱国者

X 君，——因为我忘记了他的名字，姑且以 X 代之，——不是说我的毁谤中国，是因为娶了日本女人，所以替他们宣传本国的坏处么？我先前不过单举几样中国的缺点，尚且要带累“贱内”改了国籍，何况现在是有关日本的问题？好在即使宋太祖或什么宗的胡子蒙些不白之冤，也不至于就有洪水，就有地震，有什么大相干。我于是连连点头，说道：“嗡，嗡，对啦。”因为我实在比先前似乎油滑得多了，——好了。

我剪下自己的胡子的左尖端毕，想，陕西人费心劳力，备饭化钱，用汽车载，用船装，用骡车拉，用自动车装，请到长安去讲演，大约万料不到我是一个虽对于决无杀身之祸的小事情，也不肯直抒自己的意见，只会“嗡，嗡，对啦”的罢。他们简直是受了骗了。

我再向着镜中的自己的脸，看定右嘴角，剪下胡子的右尖端，撒在地上，想起我的青年时代来——

那已经是老话，约有十六七年了罢。

我就从日本回到故乡来，嘴上就留着宋太祖或什么宗似的向上翘起的胡子，坐在小船里，和船夫谈天。

“先生，你的中国话说得真好。”后来，他说。

“我是中国人，而且和你是同乡，怎么会……”

“哈哈哈，你这位先生还会说笑话。”

记得我那时的没奈何，确乎比看见 X 君的通信要超过十倍。

我那时随身并没有带着家谱，确乎不能证明我是中国人。即使带着家谱，而上面只有一个名字，并无画像，也不能证明这名字就是我。即使有画像，日本人会假造从汉到唐的石刻，宋太祖或什么宗的画像，难道偏不会假造一部木版的家谱么？

凡对于以真话为笑话的，以笑话为真话的，以笑话为笑话的，只有一个方法：就是不说话。

于是我从此不说话。

然而，倘使在现在，我大约还要说："嗡，嗡，……今天天气多么好呀？……那边的村子叫什么名字？……"因为我实在比先前似乎油滑得多了，——好了。

现在我想，船夫的改变我的国籍，大概和X君的高见不同。其原因只在于胡子罢，因为我从此常常为胡子受苦。

国度会亡，国粹家是不会少的，而只要国粹家不少，这国度就不算亡。国粹家者，保存国粹者也；而国粹者，我的胡子是也。这虽然不知道是什么"逻辑"法，但当时的实情确是如此的。

"你怎么学日本人的样子，身体既矮小，胡子又这样，……"一位国粹家兼爱国者发过一篇崇论宏议之后，就达到这一个结论。

可惜我那时还是一个不识世故的少年，所以就愤愤地争辩。第一，我的身体是本来只有这样高，并非故意设法用什么洋鬼子的机器压缩，使他变成矮小，希图冒充。第二，我的胡子，诚然和许多日本人的相同，然而我虽然没有研究过他们的胡须样式变迁史，但

曾经见过几幅古人的画像，都不向上，只是向外，向下，和我们的国粹差不多。维新以后，可是翘起来了，那大约是学了德国式。你看威廉皇帝的胡须，不是上指眼梢，和鼻梁正作平行么？虽然他后来因为吸烟烧了一边，只好将两边都剪平了。但在日本明治维新的时候，他这一边还没有失火……

这一场辩解大约要两分钟，可是总不能解国粹家之怒，因为德国也是洋鬼子，而况我的身体又矮小乎。而况国粹家很不少，意见又很统一，因此我的辩解也就很频繁，然而总无效，一回，两回，以至十回，十几回，连我自己也觉得无聊而且麻烦起来了。罢了，况且修饰胡须用的胶油在中国也难得，我便从此听其自然了。

听其自然之后，胡子的两端就显出毗心现象来，于是也就和地面成为九十度的直角。国粹家果然也不再说话，或者中国已经得救了罢。

然而接着就招了改革家的反感，这也是应该的。我于是又分疏，一回，两回，以至许多回，连我自己也觉得无聊而且麻烦起来了。

大约在四五年或七八年前罢，我独坐在会馆里，窃悲我的胡须的不幸的境遇，研究他所以得谤的原因，忽而恍然大悟，知道那祸根全在两边的尖端上。于是取出镜子，剪刀，即刻剪成一平，使他既不上翘，也难拖下，如一个隶书的一字。

“阿，你的胡子这样了？”当初也曾有人这样问。

“唔唔，我的胡子这样了。”

他可是没有话。我不知道是否因为寻不着两个尖端，所以失了立论的根据，还是我的胡子“这样”之后，就不负中国存亡的责任了。总之我从此太平无事的一直到现在，所麻烦者，必须时常剪剪而已。

写于一九二四年十月三十日

发表于同年十二月十五日《语丝》周刊第五期

从胡须说到牙齿（节选）

我从小就是牙痛党之一，并非故意和牙齿不痛的正人君子们立异，实在是“欲罢不能”。听说牙齿的性质的好坏，也有遗传的，那么，这就是我的父亲赏给我的一份遗产，因为他牙齿也很坏。于是或蛀，或破，……终于牙龈上出血了，无法收拾；住的又是小城，并无牙医。那时也想不到天下有所谓“西法……”也者，惟有《验方新编》是唯一的救星；然而试尽“验方”都不验。后来，一个善士传给我一个秘方：择日将栗子风干，日日食之，神效。应择那一日，现在已经忘却了，好在这秘方的结果不过是吃栗子，随时可以风干的，我们也无须再费神去查考。自此之后，我才正式看中医，服汤药，可惜中医仿佛也束手了，据说这是叫“牙损”，难治得很呢。还记得有一天一个长辈斥责我，说，因为不自爱，所以会生这病的；医生能有什么法？我不解，但从此不再向人提起牙齿的事了，似乎这病是我的一件耻辱。如此者久而久之，直至我到日本的长崎，再去寻牙医，他给我刮去了牙后面的所谓“齿垩”，这才不再出血了，化去的医费是两元，时间是约一小时以内。

我后来也看看中国的医药书，忽而发见触目惊心的学说了。它说，齿是属于肾的，“牙损”的原因是“阴亏”。我这才顿然悟出先前的所以得到申斥的原因来，原来是它们在这里这样诬陷我。到现在，即使有人说中医怎样可靠，单方怎样灵，我还都不信。自然，其中大半是因为他们耽误了我的父亲的病的缘故罢，但怕也很挟带些切肤之痛的自己的私怨。

事情还很多哩，假使我有 Victor Hugo 先生的文才，也许因此可以写出一部 *Les Misérables* 的续集。然而岂但没有而已么，遭难的又是自家的牙齿，向人分送自己的冤单，是不大合式的，虽然所有文章，几乎十之九是自身的暗中的辩护。现在还不如迈开大步一跳，一径来说“门牙确落二个”的事罢：

袁世凯也如一切儒者一样，最主张尊孔。做了离奇的古衣冠，盛行祭孔的时候，大概是要做皇帝以前的一两年。自此以来，相承不废，但也因秉政者的变换，仪式上，尤其是行礼之状有些不同：大概自以为维新者出则西装而鞠躬，尊古者兴则古装而顿首。我曾经是教育部的佥事，因为“区区”，所以还不入鞠躬或顿首之列的；但届春秋二祭，仍不免要被派去做执事。执事者，将所谓“帛”或“爵”递给鞠躬或顿首之诸公的听差之谓也。民国十一年秋，我“执事”后坐车回寓去，既是北京，又是秋，又是清早，天气很冷，所

以我穿着厚外套，带了手套的手是插在衣袋里的。那车夫，我相信他是因为磕睡，胡涂，决非章士钊党；但他却在中途用了所谓“非常处分”，以“迅雷不及掩耳之手段”，自己跌倒了，并将我从车上摔出。我手在袋里，来不及抵按，结果便自然只好和地母接吻，以门牙为牺牲了。于是无门牙而讲书者半年，补好于十二年之夏，所以现在使朋其君一见放心，释然回去的两个，其实却是假的。

写于一九二五年十月三十日

发表于同年十一月九日《语丝》周刊第五十二期

这才是我说的

我家后园有两棵枣树

从百草园到三味书屋（节选）

我家的后面有一个很大的园，相传叫作百草园。现在是早已并屋子一起卖给朱文公的子孙了，连那最末次的相见也已经隔了七八年，其中似乎确凿只有一些野草；但那时却是我的乐园。

不必说碧绿的菜畦，光滑的石井栏，高大的皂荚树，紫红的桑椹；也不必说鸣蝉在树叶里长吟，肥胖的黄蜂伏在菜花上，轻捷的叫天子（云雀）忽然从草间直窜向云霄里去了。单是周围的短短的泥墙根一带，就有无限趣味。油蛉在这里低唱，蟋蟀们在这里弹琴。翻开断砖来，有时会遇见蜈蚣；还有斑蝥，倘若用手指按住它的脊梁，便会拍的一声，从后窍喷出一阵烟雾。何首乌藤和木莲藤缠络着，木莲有莲房一般的果实，何首乌有拥肿的根。有人说，何首乌根是有像人形的，吃了便可以成仙，我于是常常拔它起来，牵连不断地拔起来，也曾因此弄坏了泥墙，却从来没有见过有一块根像人样。如果不怕刺，还可以摘到覆盆子，像小珊瑚珠攒成的小球，又

酸又甜，色味都比桑椹要好得远。

长的草里是不去的，因为相传这园里有一条很大的赤练蛇。

长妈妈曾经讲给我一个故事听：先前，有一个读书人住在古庙里用功，晚间，在院子里纳凉的时候，突然听到有人在叫他。答应着，四面看时，却见一个美女的脸露在墙头上，向他一笑，隐去了。他很高兴；但竟给那走来夜谈的老和尚识破了机关。说他脸上有些妖气，一定遇见“美女蛇”了；这是人首蛇身的怪物，能唤人名，倘一答应，夜间便要来吃这人的肉的。他自然吓得要死，而那老和尚却道无妨，给他一个小盒子，说只要放在枕边，便可高枕而卧。他虽然照样办，却总是睡不着，——当然睡不着的。到半夜，果然来了，沙沙沙！门外像是风雨声，他正抖作一团时，却听得豁的一声，一道金光从枕边飞出，外面便什么声音也没有了，那金光也就飞回来，敛在盒子里。后来呢？后来，老和尚说，这是飞蜈蚣，它能吸蛇的脑髓，美女蛇就被它治死了。

结末的教训是：所以倘有陌生的声音叫你的名字，你万不可答应他。

这故事很使我觉得做人之险，夏夜乘凉，往往有些担心，不敢去看墙上，而且极想得到一盒老和尚那样的飞蜈蚣。走到百草园的草丛旁边时，也常常这样想。但直到现在，总还是没有得到，但也没有遇见过赤练蛇和美女蛇。叫我名字的陌生声音自然是常有的，然而都不是美女蛇。

冬天的百草园比较的无味；雪一下，可就两样了。拍雪人（将自己的全形印在雪上）和塑雪罗汉需要人们鉴赏，这是荒园，人迹罕至，所以不相宜，只好来捕鸟。薄薄的雪，是不行的；总须积雪盖了地面一两天，鸟雀们久已无处觅食的时候才好。扫开一块雪，露出地面，用一枝短棒支起一面大的竹筛来，下面撒些秕谷，棒上系一条长绳，人远远地牵着，看鸟雀下来啄食，走到竹筛底下的时候，将绳子一拉，便罩住了。但所得的是麻雀居多，也有白颊的“张飞鸟”，性子很躁，养不过夜的。

这是闰土的父亲所传授的方法，我却不大能用。明明见它们进去了，拉了绳，跑去一看，却什么都没有，费了半天力，捉住的不过三四只。闰土的父亲是小半天便能捕获几十只，装在叉袋里叫着撞着的。我曾经问他得失的缘由，他只静静地笑道：你太性急，来不及等它走到中间去。

我不知道为什么家里的人要将我送进书塾里去了，而且还是全城中称为最严厉的书塾。也许是因为拔何首乌毁了泥墙罢，也许是因为将砖头抛到间壁的梁家去了罢，也许是因为站在石井栏上跳了下来罢，……都无从知道。总而言之：我将不能常到百草园了。Ade，我的蟋蟀们！Ade，我的覆盆子们和木莲们！……

写于一九二六年九月十八日

发表于同年十月十日《莽原》半月刊第一卷第十九期

社戏（节选）

至于我看那好戏的时候，却实在已经是“远哉遥遥”的了，其时恐怕我还不过十一二岁。我们鲁镇的习惯，本来是凡有出嫁的女儿，倘自己还未当家，夏间便大抵回到母家去消夏。那时我的祖母虽然还康健，但母亲也已分担了些家务，所以夏期便不能多日的归省了，只得在扫墓完毕之后，抽空去住几天，这时我便每年跟了我的母亲住在外祖母的家里。那地方叫平桥村，是一个离海边不远，极偏僻的，临河的小村庄；住户不满三十家，都种田，打鱼，只有一家很小的杂货店。但在我是乐土：因为我在这里不但得到优待，又可以免念“秩秩斯干幽幽南山”了。

和我一同玩的是许多小朋友，因为有了远客，他们也都从父母那里得了减少工作的许可，伴我来游戏。在小村里，一家的客，几乎也就是公共的。我们年纪都相仿，但论起行辈来，却至少是叔子，有几个还是太公，因为他们合村都同姓，是本家。然而我们是朋友，即使偶而吵闹起来，打了太公，一村的老老小小，也决没有一个会想出“犯上”这两个字来，而他们也百分之九十九不识字。

我们每天的事情大概是掘蚯蚓，掘来穿在铜丝做的小钩上，伏在河沿上去钓虾。虾是水世界里的呆子，决不惮用了自己的两个钳捧着钩尖送到嘴里去的，所以不半天便可以钓到一大碗。这虾照例是归我吃的。其次便是一同去放牛，但或者因为高等动物了的缘故罢，黄牛水牛都欺生，敢于欺侮我，因此我也总不敢走近身，只好远远地跟着，站着。这时候，小朋友们便不再原谅我会读“秩秩斯干”，却全都嘲笑起来了。

至于我在那里所第一盼望的，却在到赵庄去看戏。赵庄是离平桥村五里的较大的村庄；平桥村太小，自己演不起戏，每年总付给赵庄多少钱，算作合做的。当时我并不想到他们为什么年年要演戏。现在想，那或者是春赛，是社戏了。

就在我十一二岁时候的这一年，这日期也看看等到了。不料这一年真可惜，在早上就叫不到船。平桥村只有一只早出晚归的航船是大船，决没有留用的道理。其余的都是小船，不合用；央人到邻村去问，也没有，早都给别人定下了。外祖母很气恼，怪家里的人不早定，絮叨起来。母亲便宽慰伊，说我们鲁镇的戏比小村里的好得多，一年看几回，今天就算了。只有我急得要哭，母亲却竭力的嘱咐我，说万不能装模装样，怕又招外祖母生气，又不准和别人一同去，说是怕外祖母要担心。

总之，是完了。到下午，我的朋友都去了，戏已经开场了，我似乎听到锣鼓的声音，而且知道他们在戏台下买豆浆喝。

这一天我不钓虾，东西也少吃。母亲很为难，没有法子想。到晚饭时候，外祖母也终于觉察了，并且说我应当不高兴，他们太怠慢，是待客的礼数里从来所没有的。吃饭之后，看过戏的少年们也都聚拢来了，高高兴兴的来讲戏。只有我不开口；他们都叹息而且表同情。忽然间，一个最聪明的双喜大悟似的提议了，他说，“大船？八叔的航船不是回来了么？”十几个别的少年也大悟，立刻撺掇起来，说可以坐了这航船和我一同去。我高兴了。然而外祖母又怕都是孩子们，不可靠；母亲又说是若叫大人一同去，他们白天全有工作，要他熬夜，是不合情理的。在这迟疑之中，双喜可又看出底细来了，便又大声的说道，“我写包票！船又大；迅哥儿向来不乱跑；我们又都是识水性的！”

诚然！这十多个少年，委实没有一个不会凫水的，而且两三个还是弄潮的好手。

外祖母和母亲也相信，便不再驳回，都微笑了。我们立刻一哄的出了门。

我的很重的心忽而轻松了，身体也似乎舒展到说不出的大。一出门，便望见月下的平桥内泊着一只白篷的航船，大家跳下船，双喜拔前篙，阿发拔后篙，年幼的都陪我坐在舱中，较大的聚在船尾。母亲送出来吩咐“要小心”的时候，我们已经点开船，在桥石上一磕，退后几尺，即又上前出了桥。于是架起两支橹，一支两人，一里一换，有说笑的，有嚷的，夹着潺潺的船头激水的声音，在左右都是碧绿的豆麦田地的河流中，飞一般径向赵庄前进了。

两岸的豆麦和河底的水草所发散出来的清香，夹杂在水气中扑面的吹来；月色便朦胧在这水气里。淡黑的起伏的连山，仿佛是踊跃的铁的兽脊似的，都远远地向船尾跑去了，但我却还以为船慢。他们换了四回手，渐望见依稀的赵庄，而且似乎听到歌吹了，还有几点火，料想便是戏台，但或者也许是渔火。

那声音大概是横笛，宛转，悠扬，使我的心也沉静，然而又自失起来，觉得要和他弥散在含着豆麦蕴藻之香的夜气里。

那火接近了，果然是渔火；我才记得先前望见的也不是赵庄。那是正对船头的一丛松柏林，我去年也曾经去游玩过，还看见破的石马倒在地下，一个石羊蹲在草里呢。过了那林，船便弯进了叉港，于是赵庄便真在眼前了。

最惹眼的是屹立在庄外临河的空地上的一座戏台，模胡在远处的月夜中，和空间几乎分不出界限，我疑心画上见过的仙境，就在这里出现了。这时船走得更快，不多时，在台上显出人物来，红红绿绿的动，近台的河里一望乌黑的是看戏的人家的船篷。

“近台没有什么空了，我们远远的看罢。”阿发说。

这时船慢了，不久就到，果然近不得台旁，大家只能下了篙，比那正对戏台的神棚还要远。其实我们这白篷的航船，本也不愿意

和乌篷的船在一处，而况并没有空地呢……

在停船的匆忙中，看见台上有一个黑的长胡子的背上插着四张旗，捏着长枪，和一群赤膊的人正打仗。双喜说，那就是有名的铁头老生，能连翻八十四个筋斗，他日里亲自数过的。

我们便都挤在船头上看打仗，但那铁头老生却又并不翻筋斗，只有几个赤膊的人翻，翻了一阵，都进去了，接着走出一个小旦来，咿咿呀呀的唱。双喜说，“晚上看客少，铁头老生也懈了，谁肯显本领给白地看呢？”我相信这话对，因为其时台下已经不很有人，乡下人为了明天的工作，熬不得夜，早都睡觉去了，疏疏朗朗的站着的不过是几十个本村和邻村的闲汉。乌篷船里的那些土财主的家眷固然在，然而他们也不在乎看戏，多半是专到戏台下来吃糕饼水果和瓜子的。所以简直可以算白地。

然而我的意思却也并不在乎看翻筋斗。我最愿意看的是一个人蒙了白布，两手在头上捧着一支棒似的蛇头的蛇精，其次是套了黄布衣跳老虎。但是等了许多时都不见，小旦虽然进去了，立刻又出来了一个很老的小生。我有些疲倦了，托桂生买豆浆去。他去了一刻，回来说，“没有。卖豆浆的聋子也回去了。日里倒有，我还喝了两碗呢。现在去舀一瓢水来给你喝罢。”

我不喝水，支撑着仍然看，也说不出见了些什么，只觉得戏子的脸都渐渐的有些稀奇了，那五官渐不明显，似乎融成一片的再没有什么高低。年纪小的几个多打呵欠了，大的也各管自己谈话。忽而一个红衫的小丑被绑在台柱子上，给一个花白胡子的用马鞭打起来了，大家才又振作精神的笑着看。在这一夜里，我以为这实在要算是最好的一折。

然而老旦终于出台了。老旦本来是我所最怕的东西，尤其是怕他坐下了唱。这时候，看见大家也都很扫兴，才知道他们的意见是和我一致的。那老旦当初还只是踱来踱去的唱，后来竟在中间的一把交椅上坐下了。我很担心；双喜他们却就破口喃喃的骂。我忍耐的等着，许多工夫，只见那老旦将手一抬，我以为就要站起来了，不料他却又慢慢的放下在原地方，仍旧唱。全船里几个人不住的吁气，其余的也打起呵欠来。双喜终于熬不住了，说道，怕他会唱到天明还不完，还是我们走的好罢。大家立刻都赞成，和开船时候一样踊跃，三四人径奔船尾，拔了篙，点退几丈，回转船头，架起橹，骂着老旦，又向那松柏林前进了。

月还没有落，仿佛看戏也并不很久似的，而一离赵庄，月光又显得格外的皎洁。回望戏台在灯火光中，却又如初来未到时候一般，又漂渺得像一座仙山楼阁，满被红霞罩着了。吹到耳边来的又是横笛，很悠扬；我疑心老旦已经进去了，但也不好意思说再回去看。

不多久，松柏林早在船后了，船行也并不慢，但周围的黑暗只是浓，可知已经到了深夜。他们一面议论着戏子，或骂，或笑，一面加紧的摇船。这一次船头的激水声更其响亮了，那航船，就像一条大白鱼背着一群孩子在浪花里蹿，连夜渔的几个老渔父，也停了

艇子看着喝采起来。

离平桥村还有一里模样。船行却慢了，摇船的都说很疲乏，因为太用力，而且许久没有东西吃。这回想出来的是桂生，说是罗汉豆正旺相，柴火又现成，我们可以偷一点来煮吃的。大家都赞成，立刻近岸停了船；岸上的田里，乌油油的便都是结实的罗汉豆。

“阿阿，阿发，这边是你家的，这边是老六一家的，我们偷那一边的呢？”双喜先跳下去了，在岸上说。

我们也都跳上岸。阿发一面跳，一面说道，“且慢，让我来看一看罢。”他于是往来的摸了一回，直起身来说道，“偷我们的罢，我们的大得多呢。”一声答应，大家便散开在阿发家的豆田里，各摘了一大捧，抛入船舱中。双喜以为再多偷，倘给阿发的娘知道是要哭骂的，于是各人便到六一公公的田里又各偷了一大捧。

我们中间几个年长的仍然慢慢的摇着船，几个到后舱去生火，年幼的和我都剥豆。不久豆熟了，便任凭航船浮在水面上，都围起来用手撮着吃。吃完豆，又开船，一面洗器具，豆荚豆壳全抛在河水里，什么痕迹也没有了。双喜所虑的是用了八公公船上的盐和柴，这老头子很细心，一定要知道，会骂的。然而大家议论之后，归结是不怕。他如果骂，我们便要他归还去年在岸边拾去的一枝枯桕树，而且当面叫他“八癞子”。

“都回来了！那里会错。我原说过写包票的！”双喜在船头上忽而大声的说。

我向船头一望，前面已经是平桥。桥脚上站着一个人，却是我的母亲，双喜便是对伊说着话。我走出前舱去，船也就进了平桥了，停了船，我们纷纷都上岸。母亲颇有些生气，说是过了三更了，怎么回来得这样迟，但也就高兴了，笑着邀大家去吃炒米。

大家都说已经吃了点心，又渴睡，不如及早睡的好，各自回去了。

第二天，我向午才起来，并没有听到什么关系八公公盐柴事件的纠葛，下午仍然去钓虾。

"双喜，你们这班小鬼，昨天偷了我的豆了罢？又不肯好好的摘，踏坏了不少。"我抬头看时，是六一公公棹着小船，卖了豆回来了，船肚里还有剩下的一堆豆。

"是的。我们请客。我们当初还不要你的呢。你看，你把我的虾吓跑了！"双喜说。

六一公公看见我，便停了楫，笑道，"请客？——这是应该的。"于是对我说，"迅哥儿，昨天的戏可好么？"

我点一点头，说道，"好。"

"豆可中吃呢？"

我又点一点头，说道，"很好。"

不料六一公公竟非常感激起来，将大拇指一翘，得意的说道，"这真是大市镇里出来的读过书的人才识货！我的豆种是粒粒挑选过的，乡下人不识好歹，还说我的豆比不上别人的呢。我今天也要送些给我们的姑奶奶尝尝去……"他于是打着楫子过去了。

待到母亲叫我回去吃晚饭的时候，桌上便有一大碗煮熟了的罗汉豆，就是六一公公送给母亲和我吃的。听说他还对母亲极口夸奖我，说“小小年纪便有见识，将来一定要中状元。姑奶奶，你的福气是可以写包票的了。”但我吃了豆，却并没有昨夜的豆那么好。

真的，一直到现在，我实在再没有吃到那夜似的好豆，——也不再看到那夜似的好戏了。

写于一九二二年十月

发表于同年十二月上海《小说月报》第十三卷第十二号

这才是我说的

我家后园有两棵枣树

秋　夜

在我的后园，可以看见墙外有两株树，一株是枣树，还有一株也是枣树。

这上面的夜的天空，奇怪而高，我生平没有见过这样的奇怪而高的天空。他仿佛要离开人间而去，使人们仰面不再看见。然而现在却非常之蓝，闪闪地䀹着几十个星星的眼，冷眼。他的口角上现出微笑，似乎自以为大有深意，而将繁霜洒在我的园里的野花草上。

我不知道那些花草真叫什么名字，人们叫他们什么名字。我记得有一种开过极细小的粉红花，现在还开着，但是更极细小了，她在冷的夜气中，瑟缩地做梦，梦见春的到来，梦见秋的到来，梦见瘦的诗人将眼泪擦在她最末的花瓣上，告诉她秋虽然来，冬虽然来，而此后接着还是春，胡蝶乱飞，蜜蜂都唱起春词来了。她于是一笑，虽然颜色冻得红惨惨地，仍然瑟缩着。

枣树，他们简直落尽了叶子。先前，还有一两个孩子来打他们

别人打剩的枣子，现在是一个也不剩了，连叶子也落尽了。他知道小粉红花的梦，秋后要有春；他也知道落叶的梦，春后还是秋。他简直落尽叶子，单剩干子，然而脱了当初满树是果实和叶子时候的弧形，欠伸得很舒服。但是，有几枝还低亚着，护定他从打枣的竿梢所得的皮伤，而最直最长的几枝，却已默默地铁似的直刺着奇怪而高的天空，使天空闪闪地鬼䀹眼；直刺着天空中圆满的月亮，使月亮窘得发白。

鬼䀹眼的天空越加非常之蓝，不安了，仿佛想离去人间，避开枣树，只将月亮剩下。然而月亮也暗暗地躲到东边去了，而一无所有的干子，却仍然默默地铁似的直刺着奇怪而高的天空，一意要制他的死命，不管他各式各样地䀹着许多蛊惑的眼睛。

哇的一声，夜游的恶鸟飞过了。

我忽而听到夜半的笑声，吃吃地，似乎不愿意惊动睡着的人，然而四围的空气都应和着笑。夜半，没有别的人，我即刻听出这声音就在我嘴里，我也即刻被这笑声所驱逐，回进自己的房。灯火的带子也即刻被我旋高了。

后窗的玻璃上丁丁地响，还有许多小飞虫乱撞。不多久，几个进来了，许是从窗纸的破孔进来的。他们一进来，又在玻璃的灯罩上撞得丁丁地响。一个从上面撞进去了，他于是遇到火，而且我以为这火是真的。两三个却休息在灯的纸罩上喘气。那罩是昨晚新换的罩，雪白的纸，折出波浪纹的叠痕，一角还画出一枝猩红色的栀子。

这才是我说的

我家后园有两棵枣树

猩红的栀子开花时，枣树又要做小粉红花的梦，青葱地弯成弧形了……。我又听到夜半的笑声；我赶紧砍断我的心绪，看那老在白纸罩上的小青虫，头大尾小，向日葵子似的，只有半粒小麦那么大，遍身的颜色苍翠得可爱，可怜。

我打一个呵欠，点起一支纸烟，喷出烟来，对着灯默默地敬奠这些苍翠精致的英雄们。

写于一九二四年九月十五日

发表于同年十二月一日《语丝》周刊第三期

夜　颂

游　光

爱夜的人，也不但是孤独者，有闲者，不能战斗者，怕光明者。

人的言行，在白天和在深夜，在日下和在灯前，常常显得两样。夜是造化所织的幽玄的天衣，普覆一切人，使他们温暖，安心，不知不觉的自己渐渐脱去人造的面具和衣裳，赤条条地裹在这无边际的黑絮似的大块里。

虽然是夜，但也有明暗。有微明，有昏暗，有伸手不见掌，有漆黑一团糟。爱夜的人要有听夜的耳朵和看夜的眼睛，自在暗中，看一切暗。君子们从电灯下走入暗室中，伸开了他的懒腰；爱侣们从月光下走进树阴里，突变了他的眼色。夜的降临，抹杀了一切文人学士们当光天化日之下，写在耀眼的白纸上的超然，混然，恍然，勃然，粲然的文章，只剩下乞怜，讨好，撒谎，骗人，吹牛，捣鬼的夜气，形成一个灿烂的金色的光圈，像见于佛画上面似的，笼罩在学识不凡的头脑上。

爱夜的人于是领受了夜所给与的光明。

高跟鞋的摩登女郎在马路边的电光灯下，阁阁的走得很起劲，但鼻尖也闪烁着一点油汗，在证明她是初学的时髦，假如长在明晃晃的照耀中，将使她碰着“没落”的命运。一大排关着的店铺的昏暗助她一臂之力，使她放缓开足的马力，吐一口气，这时才觉得沁人心脾的夜里的拂拂的凉风。

爱夜的人和摩登女郎，于是同时领受了夜所给与的恩惠。

一夜已尽，人们又小心翼翼的起来，出来了；便是夫妇们，面目和五六点钟之前也何其两样。从此就是热闹，喧嚣。而高墙后面，大厦中间，深闺里，黑狱里，客室里，秘密机关里，却依然弥漫着惊人的真的大黑暗。

现在的光天化日，熙来攘往，就是这黑暗的装饰，是人肉酱缸上的金盖，是鬼脸上的雪花膏。只有夜还算是诚实的。我爱夜，在夜间作《夜颂》。

写于一九三三年六月八日

发表于同年六月十日《申报·自由谈》

兔和猫

住在我们后进院子里的三太太，在夏间买了一对白兔，是给伊的孩子们看的。

这一对白兔，似乎离娘并不久，虽然是异类，也可以看出他们的天真烂熳来。但也竖直了小小的通红的长耳朵，动着鼻子，眼睛里颇现些惊疑的神色，大约究竟觉得人地生疏，没有在老家时候的安心了。这种东西，倘到庙会日期自己出去买，每个至多不过两吊钱，而三太太却花了一元，因为是叫小使上店买来的。

孩子们自然大得意了，嚷着围住了看；大人也都围着看；还有一匹小狗名叫S的也跑来，闯过去一嗅，打了一个喷嚏，退了几步。三太太吆喝道，“S，听着，不准你咬他！”于是在他头上打了一掌，S便退开了，从此并不咬。

这一对兔总是关在后窗后面的小院子里的时候多，听说是因为太喜欢撕壁纸，也常常啃木器脚。这小院子里有一株野桑树，桑子落地，他们最爱吃，便连喂他们的波菜也不吃了。乌鸦喜鹊想要下来时，他们便躬着身子用后脚在地上使劲的一弹，砉的一声直跳上来，像飞起了一团雪，鸦鹊吓得赶紧走，这样的几回，再也不敢近来了。三太太说，鸦鹊倒不打紧，至多也不过抢吃一点食料，可恶的是一匹大黑猫，常在矮墙上恶狠狠的看，这却要防的，幸而S和猫是对头，或者还不至于有什么罢。

孩子们时时捉他们来玩耍；他们很和气，竖起耳朵，动着鼻子，驯良的站在小手的圈子里，但一有空，却也就溜开去了。他们夜里的卧榻是一个小木箱，里面铺些稻草，就在后窗的房檐下。

这样的几个月之后，他们忽而自己掘土了，掘得非常快，前脚一抓，后脚一踢，不到半天，已经掘成一个深洞。大家都奇怪，后来仔细看时，原来一个的肚子比别一个的大得多了。他们第二天便将干草和树叶衔进洞里去，忙了大半天。

大家都高兴，说又有小兔可看了；三太太便对孩子们下了戒严令，从此不许再去捉。我的母亲也很喜欢他们家族的繁荣，还说待生下来的离了乳，也要去讨两匹来养在自己的窗外面。

他们从此便住在自造的洞府里，有时也出来吃些食，后来不见了，可不知道他们是预先运粮存在里面呢还是竟不吃。过了十多天，三太太对我说，那两匹又出来了，大约小兔是生下来又都死掉了，因为雌的一匹的奶非常多，却并不见有进去哺养孩子的形迹。伊言语之间颇气愤，然而也没有法。

有一天，太阳很温暖，也没有风，树叶都不动，我忽听得许多人在那里笑，寻声看时，却见许多人都靠着三太太的后窗看：原来有一个小兔，在院子里跳跃了。这比他的父母买来的时候还小得远，但也已经能用后脚一弹地，迸跳起来了。孩子们争着告诉我说，还看见一个小兔到洞口来探一探头，但是即刻缩回去了，那该是他的弟弟罢。

那小的也检些草叶吃，然而大的似乎不许他，往往夹口的抢去了，而自己并不吃。孩子们笑得响，那小的终于吃惊了，便跳着钻进洞里去；大的也跟到洞门口，用前脚推着他的孩子的脊梁，推进之后，又爬开泥土来封了洞。

从此小院子里更热闹，窗口也时时有人窥探了。

然而竟又全不见了那小的和大的。这时是连日的阴天，三太太又虑到遭了那大黑猫的毒手的事去。我说不然，那是天气冷，当然都躲着，太阳一出，一定出来的。

太阳出来了，他们却都不见。于是大家就忘却了。

惟有三太太是常在那里喂他们波菜的，所以常想到。伊有一回走进窗后的小院子去，忽然在墙角上发见了一个别的洞，再看旧洞口，却依稀的还见有许多爪痕。这爪痕倘说是大兔的，爪该不会有这样大，伊又疑心到那常在墙上的大黑猫去了，伊于是也就不能不定下发掘的决心了。伊终于出来取了锄子，一路掘下去，虽然疑心，却也希望着意外的见了小白兔的，但是待到底，却只见一堆烂草夹些兔毛，怕还是临蓐时候所铺的罢，此外是冷清清的，全没有什么雪白的小兔的踪迹，以及他那只一探头未出洞外的弟弟了。

气愤和失望和凄凉，使伊不能不再掘那墙角上的新洞了。一动手，那大的两匹便先窜出洞外面。伊以为他们搬了家了，很高兴，然而仍然掘，待见底，那里面也铺着草叶和兔毛，而上面却睡着七个很小的兔，遍身肉红色，细看时，眼睛全都没有开。

一切都明白了，三太太先前的预料果不错。伊为预防危险起见，便将七个小的都装在木箱中，搬进自己的房里，又将大的也捺进箱里面，勒令伊去哺乳。

三太太从此不但深恨黑猫，而且颇不以大兔为然了。据说当初那两个被害之先，死掉的该还有，因为他们生一回，决不至于只两个，但为了哺乳不匀，不能争食的就先死了。这大概也不错的，现在七个之中，就有两个很瘦弱。所以三太太一有闲空，便捉住母兔，将小兔一个一个轮流的摆在肚子上来喝奶，不准有多少。

母亲对我说，那样麻烦的养兔法，伊历来连听也未曾听到过，恐怕是可以收入《无双谱》的。

白兔的家族更繁荣；大家也又都高兴了。

但自此之后，我总觉得凄凉。夜半在灯下坐着想，那两条小性命，竟是人不知鬼不觉的早在不知什么时候丧失了，生物史上不着一些痕迹，并S也不叫一声。我于是记起旧事来，先前我住在会馆

里，清早起身，只见大槐树下一片散乱的鸽子毛，这明明是膏于鹰吻的了，上午长班来一打扫，便什么都不见，谁知道曾有一个生命断送在这里呢？我又曾路过西四牌楼，看见一匹小狗被马车轧得快死，待回来时，什么也不见了，搬掉了罢，过往行人憧憧的走着，谁知道曾有一个生命断送在这里呢？夏夜，窗外面，常听到苍蝇的悠长的吱吱的叫声，这一定是给蝇虎咬住了，然而我向来无所容心于其间，而别人并且不听到……

假使造物也可以责备，那么，我以为他实在将生命造得太滥，毁得太滥了。

嗥的一声，又是两条猫在窗外打起架来。

“迅儿！你又在那里打猫了？”

“不，他们自己咬。他那里会给我打呢。”

我的母亲是素来很不以我的虐待猫为然的，现在大约疑心我要替小兔抱不平，下什么辣手，便起来探问了。而我在全家的口碑上，却的确算一个猫敌。我曾经害过猫，平时也常打猫，尤其是在他们配合的时候。但我之所以打的原因并非因为他们配合，是因为他们嚷，嚷到使我睡不着，我以为配合是不必这样大嚷而特嚷的。

况且黑猫害了小兔，我更是“师出有名”的了。我觉得母亲实在太修善，于是不由的就说出模棱的近乎不以为然的答话来。

造物太胡闹，我不能不反抗他了，虽然也许是倒是帮他的忙……

那黑猫是不能久在矮墙上高视阔步的了，我决定的想，于是又不由的一瞥那藏在书箱里的一瓶青酸钾。

写于一九二二年十月

发表于同年十月十日北京《晨报副刊》

狗·猫·鼠

从去年起，仿佛听得有人说我是仇猫的。那根据自然是在我的那一篇《兔和猫》；这是自画招供，当然无话可说，——但倒也毫不介意。一到今年，我可很有点担心了。我是常不免于弄弄笔墨的，写了下来，印了出去，对于有些人似乎总是搔着痒处的时候少，碰着痛处的时候多。万一不谨，甚而至于得罪了名人或名教授，或者更甚而至于得罪了“负有指导青年责任的前辈”之流，可就危险已极。为什么呢？因为这些大脚色是“不好惹”的。怎地“不好惹”呢？就是怕要浑身发热之后，做一封信登在报纸上，广告道：“看哪！狗不是仇猫的么？鲁迅先生却自己承认是仇猫的，而他还说要打‘落水狗’！”这“逻辑”的奥义，即在用我的话，来证明我倒是狗，于是而凡有言说，全都根本推翻，即使我说二二得四，三三见九，也没有一字不错。这些既然都错，则绅士口头的二二得七，三三见千等等，自然就不错了。

我于是就间或留心着查考它们成仇的“动机”。这也并非敢妄学现下的学者以动机来褒贬作品的那些时髦，不过想给自己预先洗刷洗刷。据我想，这在动物心理学家，是用不着费什么力气的，可惜我没有这学问。后来，在覃哈特博士（Dr. O. Dähnhardt）的《自然史底国民童话》里，总算发见了那原因了。据说，是这么一回事：动物们因为要商议要事，开了一个会议，鸟，鱼，兽都齐集了，单是缺了象。大会议定，派伙计去迎接它，拈到了当这差使的阄的就是狗。“我怎么找到那象呢？我没有见过它，也和它不认识。”它问。“那容易，”大众说，“它是驼背的。”狗去了，遇见一匹猫，立刻弓起脊梁来，它便招待，同行，将弓着脊梁的猫介绍给大家道：“象在这里！”但是大家都嗤笑它了。从此以后，狗和猫便成了仇家。

日耳曼人走出森林虽然还不很久，学术文艺却已经很可观，便是书籍的装潢，玩具的工致，也无不令人心爱。独有这一篇童话却实在不漂亮；结怨也结得没有意思。猫的弓起脊梁，并不是希图冒充，故意摆架子的，其咎却在狗的自己没眼力。然而原因也总可以算作一个原因。我的仇猫，是和这大大两样的。

其实人禽之辨，本不必这样严。在动物界，虽然并不如古人所幻想的那样舒适自由，可是噜苏做作的事总比人间少。它们适性任情，对就对，错就错，不说一句分辩话。虫蛆也许是不干净的，但它们并没有自鸣清高；鸷禽猛兽以较弱的动物为饵，不妨说是凶残的罢，但它们从来就没有竖过“公理”“正义”的旗子，使牺牲者

直到被吃的时候为止，还是一味佩服赞叹它们。人呢，能直立了，自然是一大进步；能说话了，自然又是一大进步；能写字作文了，自然又是一大进步。然而也就堕落，因为那时也开始了说空话。说空话尚无不可，甚至于连自己也不知道说着违心之论，则对于只能嗥叫的动物，实在免不得"颜厚有忸怩"。假使真有一位一视同仁的造物主，高高在上，那么，对于人类的这些小聪明，也许倒以为多事，正如我们在万生园里，看见猴子翻筋斗，母象请安，虽然往往破颜一笑，但同时也觉得不舒服，甚至于感到悲哀，以为这些多余的聪明，倒不如没有的好罢。然而，既经为人，便也只好"党同伐异"，学着人们的说话，随俗来谈一谈，——辩一辩了。

现在说起我仇猫的原因来，自己觉得是理由充足，而且光明正大的。一，它的性情就和别的猛兽不同，凡捕食雀鼠，总不肯一口咬死，定要尽情玩弄，放走，又捉住，捉住，又放走，直待自己玩厌了，这才吃下去，颇与人们的幸灾乐祸，慢慢地折磨弱者的坏脾气相同。二，它不是和狮虎同族的么？可是有这么一副媚态！但这也许是限于天分之故罢，假使它的身材比现在大十倍，那就真不知道它所取的是怎么一种态度。然而，这些口实，仿佛又是现在提起笔来的时候添出来的，虽然也像是当时涌上心来的理由。要说得可靠一点，或者倒不如说不过因为它们配合时候的嗥叫，手续竟有这么繁重，闹得别人心烦，尤其是夜间要看书，睡觉的时候。当这些时候，我便要用长竹竿去攻击它们。狗们在大道上配合时，常有闲汉拿了木棍痛打；我曾见大勃吕该尔（P. Bruegel d. Ä）的一张铜版画*Allegorie der Wollust* 上，也画着这回事，可见这样的举动，是中外古今一致的。自从那执拗的奥国学者弗罗特（S.Freud）提倡了精神分析说——Psychoanalysis，听说章士钊先生是译作“心解”的，虽然简古，可是实在难解得很——以来，我们的名人名教授也颇有隐隐约约，检来应用的了，这些事便不免又要归宿到性欲上去。打狗的事我不管，至于我的打猫，却只因为它们嚷嚷，此外并无恶意，我自信我的嫉妒心还没有这么博大，当现下“动辄获咎”之秋，这是不可不预先声明的。例如人们当配合之前，也很有些手续，新的是写情书，少则一束，多则一捆；旧的是什么“问名”“纳采”，磕头作揖，去年海昌蒋氏在北京举行婚礼，拜来拜去，就十足拜了三天，还印有一本红面子的《婚礼节文》，《序论》里大发议论道：“平心论之，既名为礼，当必繁重。专图简易，何用礼为？……然则世之有志于礼者，可以兴矣！不可退居于礼所不下之庶人矣！”然而我毫不生气，这是因为无须我到场；因此也可见我的仇猫，理由实在简简单单，只为了它们在我的耳朵边尽嚷的缘故。人们的各种礼式，局外人可以不见不闻，我就满不管，但如果当我正要看书或睡觉的时候，有人来勒令朗诵情书，奉陪作揖，那是为自卫起见，还要用长竹竿来抵御的。还有，平素不大交往的人，忽而寄给我一个红帖子，上面印着“为舍妹出阁”，“小儿完姻”，“敬请观礼”或“阖第光临”这些含有“阴险的暗示”的句子，使我不化钱便总

觉得有些过意不去的，我也不十分高兴。

但是，这都是近时的话。再一回忆，我的仇猫却远在能够说出这些理由之前，也许是还在十岁上下的时候了。至今还分明记得，那原因是极其简单的：只因为它吃老鼠，——吃了我饲养着的可爱的小小的隐鼠。

听说西洋是不很喜欢黑猫的，不知道可确；但 Edgar Allan Poe 的小说里的黑猫，却实在有点骇人。日本的猫善于成精，传说中的“猫婆”，那食人的惨酷确是更可怕。中国古时候虽然曾有“猫鬼”，近来却很少听到猫的兴妖作怪，似乎古法已经失传，老实起来了。只是我在童年，总觉得它有点妖气，没有什么好感。那是一个我的幼时的夏夜，我躺在一株大桂树下的小板桌上乘凉，祖母摇着芭蕉扇坐在桌旁，给我猜谜，讲故事。忽然，桂树上沙沙地有趾爪的爬搔声，一对闪闪的眼睛在暗中随声而下，使我吃惊，也将祖母讲着的话打断，另讲猫的故事了——

“你知道么？猫是老虎的先生。”她说。“小孩子怎么会知道呢，猫是老虎的师父。老虎本来是什么也不会的，就投到猫的门下来。猫就教给它扑的方法，捉的方法，吃的方法，像自己的捉老鼠一样。这些教完了；老虎想，本领都学到了，谁也比不过它了，只有老师的猫还比自己强，要是杀掉猫，自己便是最强的脚色了。它打定主意，就上前去扑猫。猫是早知道它的来意的，一跳，便上了树，老虎却只能眼睁睁地在树下蹲着。它还没有将一切本领传授完，还没有教给它上树。”

这是侥幸的，我想，幸而老虎很性急，否则从桂树上就会爬下一匹老虎来。然而究竟很怕人，我要进屋子里睡觉去了。夜色更加黯然；桂叶瑟瑟地作响，微风也吹动了，想来草席定已微凉，躺着也不至于烦得翻来复去了。

几百年的老屋中的豆油灯的微光下，是老鼠跳梁的世界，飘忽地走着，吱吱地叫着，那态度往往比“名人名教授”还轩昂。猫是饲养着的，然而吃饭不管事。祖母她们虽然常恨鼠子们啮破了箱柜，偷吃了东西，我却以为这也算不得什么大罪，也和我不相干，况且这类坏事大概是大个子的老鼠做的，决不能诬陷到我所爱的小鼠身上去。这类小鼠大抵在地上走动，只有拇指那么大，也不很畏惧人，我们那里叫它“隐鼠”，与专住在屋上的伟大者是两种。我的床前就帖着两张花纸，一是“八戒招赘”，满纸长嘴大耳，我以为不甚雅观；别的一张“老鼠成亲”却可爱，自新郎新妇以至傧相，宾客，执事，没有一个不是尖腮细腿，像煞读书人的，但穿的都是红衫绿裤。我想，能举办这样大仪式的，一定只有我所喜欢的那些隐鼠。现在是粗俗了，在路上遇见人类的迎娶仪仗，也不过当作性交的广告看，不甚留心；但那时的想看“老鼠成亲”的仪式，却极其神往，即使像海昌蒋氏似的连拜三夜，怕也未必会看得心烦。正月十四的夜，是我不肯轻易便睡，等候它们的仪仗从床下出来的夜。然而仍然只看见几个光着身子的隐鼠在地面游行，不像正在办着喜事。直

到我熬不住了，怏怏睡去，一睁眼却已经天明，到了灯节了。也许鼠族的婚仪，不但不分请帖，来收罗贺礼，虽是真的“观礼”，也绝对不欢迎的罢，我想，这是它们向来的习惯，无法抗议的。

老鼠的大敌其实并不是猫。春后，你听到它“咋！咋咋咋咋！”地叫着，大家称为“老鼠数铜钱”的，便知道它的可怕的屠伯已经光降了。这声音是表现绝望的惊恐的，虽然遇见猫，还不至于这样叫。猫自然也可怕，但老鼠只要窜进一个小洞去，它也就奈何不得，逃命的机会还很多。独有那可怕的屠伯——蛇，身体是细长的，圆径和鼠子差不多，凡鼠子能到的地方，它也能到，追逐的时间也格外长，而且万难幸免，当“数钱”的时候，大概是已经没有第二步办法的了。

有一回，我就听得一间空屋里有着这种“数钱”的声音，推门进去，一条蛇伏在横梁上，看地上，躺着一匹隐鼠，口角流血，但两胁还是一起一落的。取来给躺在一个纸盒子里，大半天，竟醒过来了，渐渐地能够饮食，行走，到第二日，似乎就复了原，但是不逃走。放在地上，也时时跑到人面前来，而且缘腿而上，一直爬到膝髁。给放在饭桌上，便检吃些菜渣，舐舐碗沿；放在我的书桌上，则从容地游行，看见砚台便舐吃了研着的墨汁。这使我非常惊喜了。我听父亲说过的，中国有一种墨猴，只有拇指一般大，全身的毛是漆黑而且发亮的。它睡在笔筒里，一听到磨墨，便跳出来，等着，等到人写完字，套上笔，就舐尽了砚上的余墨，仍旧跳进笔筒里去了。我就极愿意有这样的一个墨猴，可是得不到；问那里有，那里买的呢，谁也不知道。“慰情聊胜无”，这隐鼠总可以算是我的墨猴了罢，虽然它舐吃墨汁，并不一定肯等到我写完字。

现在已经记不分明，这样地大约有一两月；有一天，我忽然感到寂寞了，真所谓“若有所失”。我的隐鼠，是常在眼前游行的，或桌上，或地上。而这一日却大半天没有见，大家吃午饭了，也不见它走出来，平时，是一定出现的。我再等着，再等它一半天，然而仍然没有见。

长妈妈，一个一向带领着我的女工，也许是以为我等得太苦了罢，轻轻地来告诉我一句话。这即刻使我愤怒而且悲哀，决心和猫们为敌。她说：隐鼠是昨天晚上被猫吃去了！

当我失掉了所爱的，心中有着空虚时，我要充填以报仇的恶念！

我的报仇，就从家里饲养着的一匹花猫起手，逐渐推广，至于凡所遇见的诸猫。最先不过是追赶，袭击；后来却愈加巧妙了，能飞石击中它们的头，或诱入空屋里面，打得它垂头丧气。这作战继续得颇长久，此后似乎猫都不来近我了。但对于它们纵使怎样战胜，大约也算不得一个英雄；况且中国毕生和猫打仗的人也未必多，所以一切韬略，战绩，还是全都省略了罢。

但许多天之后，也许是已经经过了大半年，我竟偶然得到一个意外的消息：那隐鼠其实并非被猫所害，倒是它缘着长妈妈的腿要爬上去，被她一脚踏死了。

这确是先前所没有料想到的。现在我已经记不清当时是怎样一个感想，但和猫的感情却终于没有融和；到了北京，还因为它伤害了兔的儿女们，便旧隙夹新嫌，使出更辣的辣手。“仇猫”的话柄，也从此传扬开来。然而在现在，这些早已是过去的事了，我已经改变态度，对猫颇为客气，倘其万不得已，则赶走而已，决不打伤它们，更何况杀害。这是我近几年的进步。经验既多，一旦大悟，知道猫的偷鱼肉，拖小鸡，深夜大叫，人们自然十之九是憎恶的，而这憎恶是在猫身上。假如我出而为人们驱除这憎恶，打伤或杀害了它，它便立刻变为可怜，那憎恶倒移在我身上了。所以，目下的办法，是凡遇猫们捣乱，至于有人讨厌时，我便站出去，在门口大声叱曰：“嘘！滚！”小小平静，即回书房，这样，就长保着御侮保家的资格。其实这方法，中国的官兵就常在实做的，他们总不肯扫清土匪或扑灭敌人，因为这么一来，就要不被重视，甚至于因失其用处而被裁汰。我想，如果能将这方法推广应用，我大概也总可望成为所谓“指导青年”的“前辈”的罢，但现下也还未决心实践，正在研究而且推敲。

写于一九二六年二月二十一日

发表于同年三月十日《莽原》半月刊第一卷第五期

记“发薪”

下午，在中央公园里和C君做点小工作，突然得到一位好意的老同事的警报，说，部里今天发给薪水了，计三成；但必须本人亲身去领，而且须在三天以内。

否则？

否则怎样，他却没有说。但这是“洞若观火”的，否则，就不给。

只要有银钱在手里经过，即使并非檀越的布施，人是也总爱逞逞威风的，要不然，他们也许要觉到自己的无聊，渺小。明明有物品去抵押，当铺却用这样的势利脸和高柜台；明明用银元去换铜元，钱摊却帖着“收买现洋”的纸条，隐然以“买主”自命。钱票当然应该可以到负责的地方去换现钱，而有时却规定了极短的时间，还要领签，排班，等候，受气；军警督压着，手里还有国粹的皮鞭。

不听话么？不但不得钱，而且要打了！

我曾经说过，中华民国的官，都是平民出身，并非特别种族。

虽然高尚的文人学士或新闻记者们将他们看作异类，以为比自己格外奇怪，可鄙可嗤；然而从我这几年的经验看来，却委实不很特别，一切脾气，却与普通的同胞差不多，所以一到经手银钱的时候，也还是照例有一点借此威风一下的嗜好。

“亲领”问题的历史，是起源颇古的，中华民国十一年，就因此引起过方玄绰的牢骚，我便将这写了一篇《端午节》。但历史虽说如同螺旋，却究竟并非印板，所以今之与昔，也还是小有不同。在昔盛世，主张“亲领”的是“索薪会”——呜呼，这些专门名词，恕我不暇一一解释了，而且纸张也可惜。——的骁将，昼夜奔走，向国务院呼号，向财政部坐讨，一旦到手，对于没有一同去索的人的无功受禄，心有不甘，用此给吃一点小苦头的。其意若曰，这钱是我们讨来的，就同我们的一样；你要，必得到这里来领布施。你看施衣施粥，有施主亲自送到受惠者的家里去的么？

然而那是盛世的事。现在是无论怎么“索”，早已一文也不给了，如果偶然“发薪”，那是意外的上头的嘉惠，和什么“索”丝毫无关。不过临时发布“亲领”命令的施主却还有，只是已非善于索薪的骁将，而是天天“画到”，未曾另谋生活的“不贰之臣”了。所以，先前的“亲领”是对于没有同去索薪的人们的罚，现在的“亲领”是对于不能空着肚子，天天到部的人们的罚。

但这不过是一个大意，此外的事，倘非身临其境，实在有些说不清。譬如一碗酸辣汤，耳闻口讲的，总不如亲自呷一口的明白。

近来有几个心怀叵测的名人间接忠告我，说我去年作文，专和几个人闹意见，不再论及文学艺术，天下国家，是可惜的。殊不知我近来倒是明白了，身历其境的小事，尚且参不透，说不清，更何况那些高尚伟大，不甚了然的事业？我现在只能说说较为切己的私事，至于冠冕堂皇如所谓“公理”之类，就让公理专家去消遣罢。

总之，我以为现在的“亲领”主张家，已颇不如先前了，这就是“孤桐先生”之所谓“每况愈下”。而且便是空牢骚如方玄绰者，似乎也已经很寥寥了。

“去！”我一得警报，便走出公园，跳上车，径奔衙门去。

一进门，巡警就给我一个立正举手的敬礼，可见做官要做得较大，虽然阔别多日，他们也还是认识的。到里面，不见什么人，因为办公时间已经改在上午，大概都已亲领了回家了。觅得一位听差，问明了“亲领”的规则，是先到会计科去取得条子，然后拿了这条子，到花厅里去领钱。

就到会计科，一个部员看了一看我的脸，便翻出条子来。我知道他是老部员，熟识同人，负着“验明正身”的重大责任的；接过条子之后，我便特别多点了两个头，以表示告别和感谢之至意。

其次是花厅了，先经过一个边门，只见上帖纸条道：“丙组”，又有一行小注是“不满百元”。我看自己的条子上，写的是九十九元，心里想，这真是“人生不满百，常怀千岁忧。……”同时便直撞进去。看见一个和我差不多大的官，说道这“不满百元”是指全

俸而言，我的并不在这里，是在里间。

就到里间，那里有两张大桌子，桌旁坐着几个人，一个熟识的老同事就招呼我了；拿出条子去，签了名，换得钱票，总算一帆风顺。这组的旁边还坐着一位很胖的官，大概是监督者，因为他敢于解开了官纱——也许是纺绸，我不大认识这些东西。——小衫，露着胖得拥成折叠的胸肚，使汗珠雍容地越过了折叠往下流。

这时我无端有些感慨，心里想，大家现在都说“灾官”“灾官”，殊不知“心广体胖”的还不在少呢。便是两三年前教员正嚷索薪的时候，学校的教员豫备室里也还有人因为吃得太饱了，咳的一声，胃中的气体从嘴里反叛出来。

走出外间，那一位和我差不多大的官还在，便拉住他发牢骚。

“你们怎么又闹这些玩艺儿了？”我说。

“这是他的意思……”他和气地回答，而且笑嘻嘻的。

“生病的怎么办呢？放在门板上抬来么？”

“他说：这些都另法办理……”

我是一听便了然的，只是在“门——衙门之门——外汉”怕不易懂，最好是再加上一点注解。这所谓“他”者，是指总长或次长而言。此时虽然似乎所指颇蒙胧，但再掘下去，便可以得到指实，但如果再掘下去，也许又要更蒙胧。总而言之，薪水既经到手，这些事便应该“适可而止，毋贪心也”的，否则，怕难免有些危机。即如我的说了这些话，其实就已经不大妥。

于是我退出花厅，却又遇见几个旧同事，闲谈了一回。知道还有“戊组”，是发给已经死了的人的薪水的，这一组大概无须“亲领”。又知道这一回提出“亲领”律者，不但“他”，也有“他们”在内。所谓“他们”者，粗粗一听，很像“索薪会”的头领们，但其实也不然，因为衙门里早就没有什么“索薪会”，所以这一回当然是别一批新人物了。

我们这回“亲领”的薪水，是中华民国十三年二月份的。因此，事前就有了两种学说。一，即作为十三年二月的薪水发给。然而还有新来的和新近加俸的呢，可就不免有向隅之感。于是第二种新学说自然起来：不管先前，只作为本年六月份的薪水发给。不过这学说也不大妥，只是“不管先前”这一句，就很有些疵病。

这个办法，先前也早有人苦心经营过。去年章士钊将我免职之后，自以为在地位上已经给了一个打击，连有些文人学士们也喜得手舞足蹈。然而他们究竟是聪明人，看过“满床满桌满地”的德文书的，即刻又悟到我单是抛了官，还不至于一败涂地，因为我还可以得欠薪，在北京生活。于是他们的司长刘百昭便在部务会议席上提出，要不发欠薪，何月领来，便作为何月的薪水。这办法如果实行，我的受打击是颇大的，因为就受着经济的迫压。然而终于也没有通过。那致命伤，就在“不管先前”上；而刘百昭们又不肯自称革命党，主张不管什么，都从新来一回。

所以现在每一领到政费，所发的也还是先前的钱；即使有人今

年不在北京了，十三年二月间却在，实在也有些难于说是现今不在，连那时的曾经在此也不算了。但是，既然又有新的学说起来，总得采纳一点，这采纳一点，也就是调和一些。因此，我们这回的收条上，年月是十三年二月的，钱的数目是十五年六月的。

这么一来，既然并非“不管先前”，而新近升官或加俸的又可以多得一点钱，可谓比较的周到。于我是无益也无损，只要还在北京，拿得出“正身”来。

翻开我的简单日记一查，我今年已经收了四回俸钱了：第一次三元；第二次六元；第三次八十二元五角，即二成五，端午节的夜里收到的；第四次三成，九十九元，就是这一次。再算欠我的薪水，是大约还有九千二百四十元，七月份还不算。

我觉得已是一个精神上的财主；只可惜这“精神文明”是不很可靠的，刘百昭就来动摇过。将来遇见善于理财的人，怕还要设立一个“欠薪整理会”，里面坐着几个人物，外面挂着一块招牌，使凡有欠薪的人们都到那里去接洽。几天或几月之后，人不见了，接着连招牌也不见了；于是精神上的财主就变了物质上的穷人了。

但现在却还的确收了九十九元，对于生活又较为放心，趁闲空来发一点议论再说。

写于一九二六年七月二十一日

发表于同年八月十日《莽原》半月刊第十五期

鲁迅日记·无事

丙辰日记（一九一六年）

五　月

一日 昙。午后往小市。午后雨即止而风。

二日 晴，下午大风。无事。夜得二弟明信片，廿八日发。

三日 晴。上午寄二弟信。下午风。寄王镜清信。

四日 晴，下午大风。无事。夜濯足。

五日 晴，风。无事。

九　月

二十四日 晴。星期休息。上午许季上来。同二弟往升平园理发并浴。至南味斋午餐。又至季上寓，同往西长安街观影戏，至晚归寓。

十　月

一日 晴。星期休息。午后同三弟往青云阁饮茗。下午至长安街观影戏。

十一日 晴。休息。午后同三弟至青云阁饮茗并买饼食。晚许季上来。

十二月

十日 昙。星期。无事。

十一日 昙。午后客至甚众。

十二日 晴。下午唱“花调”，夜唱“隔壁戏”及作小幻术。雨。

十三日 晴。旧历十一月十九日，为母亲六十生辰。上午祀神，午祭祖。夜唱“平湖调”。

十四日 晴。晚邵明之来，饭后去。得福子信。

十五日 晴。客渐渐散去。上午三弟妇大病，延医来。

十六日 晴。中学校开会追悼朱渭侠，致挽联一副。

十七日 晴。星期。无事。

十九日 雨。无事。

丁巳日记（一九一七年）

六　月

四日 晴。晚季市遗肴一器。

六日 昙，午后晴。无事。

八日 晴，风。无事。

十日 晴。星期休息。上午得家信，六日发。寄家信。许季上来。午前风，小雨。和孙来，留午餐。下午同二弟往升平园浴。往青云阁买履一两。过留黎厂买《小说月报》一册归。

十一日 晴。无事。

十二日 晴。无事。

十八日 昙，午后雨。无事。

十九日 大雨。上午得家信，十五日发。午后晴。夜得蔡先生信。

二十三日 雨。阴历端午，休假。午季市遗肴二品。以饮麦酒，睡至下午。许季上来。

七 月

二十一日 雨。无事。

二十二日 晴，风。星期休息。午后同二弟往中央公园。

二十三日 昙。下午雷雨彻夜。

二十四日 晴。午同张仲素、齐寿山往聚贤堂饭。夜雨。

二十六日 雨，下午晴，风，夜小雨。无事。

二十七日 昙，下午雨。无事。

二十八日 雨，午晴。无事。

二十九日 昙。星期休息。上午潘企莘来，午并二弟同至广和

居饭，又游留黎厂已，别去。自与二弟往青云阁啜茗，出观音寺街买饼干、糖各一合归。夜雨。

八　月

一日 晴。无事。夜大雷雨，屋多漏。

六日 昙，时复小雨。无事。

七日 晴。上午得羽太家信，一日发。寄蔡先生信并所拟大学徽章。

八日 晴。无事。

十一日 晴。无事。

九　月

五日 小雨。无事。

十五日 晴。午后理发。

十　月

九日 雨。无事。

十日 晴。国庆日休假。午后往观音寺街买饼干二合，又往留黎厂买《陶贵墓志》一枚，即南陵徐氏臧石，或以为翻本者，价二元。又高建及妻王、高百年及斛律墓志盖，共四枚，价一元。晚雷鸣，并小风雨。

己未日记（一九一九年）

一　月

五日 晴。星期休息。上午得刘半农信。

七日 晴。无事。夜刘半农、钱玄同来。

十一日 昙，午后晴。无事。

十二日 晴。星期休息。下午刘半农来。晚钱玄同来。

十三日 大雪。无事。

十四日 晴。无事。

十八日 昙，夜风。无事。

十九日 晴。星期休息。下午铭伯先生来。夜宋子佩来。

二十二日 晴，下午昙。无事。

二十八日 晴。上午寄三弟《新青年》一本。晚钱玄同来。

二十九日 昙。无事。

二　月

一日 晴。春节休假。无事。夜服规那丸三粒。

三日 晴。休假。无事。

四日 晴。上午寄钱玄同信。寄季市《新青年》《新潮》各一册。晚刘半农来。夜得钱玄同信。

五日 晴。无事。

七日 晴，下午昙。无事。

八日 晴。无事。

九日 晴，风。星期休息。无事。

十日 晴。上午寄季市《新青年》一本，又寄三弟书四本。晚钱玄同来。

十五日 晴。无事。

十七日 晴。无事。

十八日 昙，大风。晚得钱玄同信。

十九日 晴。无事。

三 月

五日 昙。无事。

七日 昙。无事。晚小雨。钱玄同来。

九日 晴。星期休息。无事。

十六日 晴。星期休息。无事。

二十四日 晴，大风。无事。

二十五日 晴，风。无事。

二十七日 雨雪。无事。

九 月

一日 晴。无事。

二日 晴。无事。

七日 雨。星期休息。无事。

八日 昙。无事。

九日 晴。无事。

十日 晴。无事。

十二日 晴。无事。

二十三日 晴。无事。

二十四日 晴。无事。

二十五日 晴。无事。

二十七日 晴。无事。

十　月

一日 晴，午后小雨。无事。

三日 雨，下午晴。无事。

七日 晴。无事。

九日 晴。无事。

十日 晴。休假。上午往八道弯视修理房屋。

十三日 晴。无事。

十四日 晴。午后往瑞蚨祥买布匹之类。夜齿痛。

十五日 晴。上午寄李遐卿信。午后服规那丸三粒。

十六日 晴。下午往八道弯宅。

十八日 晴，午后雨，晚复晴，大风。无事。

二十一日 晴。无事。

二十二日 晴。无事。

二十三日 晴。下午往八道弯宅。

二十四日 晴。下午往大册阑买衣服杂物。

二十五日 晴，夜风。无事。

二十六日 晴。星期休息。无事。

二十八日 晴。无事。

三十一日 晴。午后理发。

人活着就是为了吃糖

鲁迅日记·有糖

癸丑日记（一九一三年）

正　月

五日　星期休息。午后协和来贷金二十，季市招出游，遂同赴前门内临记洋行购茶食二种，又合买饼饵果糖付协和，以贻其孺子。赴青云阁饮茗，将晚回邑馆。

六日　昙，甚冷。晚首重鼻窒似感冒，蒙被卧良久，顿愈，仍起阅书。

十一日　晴。下午许季上忽欲入清宫之门以望南海子，遂相约驰往，然终为守监所阻，不得进。季上乃往西长安街，予则至前门内西美居买饼饵一元而归。

二　月

五日 晴，风。晨得二弟信，三十一日发。午后同齐寿山往小市，

因风无一地摊，遂归。过一骨董肆，见有胆瓶，作豇豆色，虽微瑕而尚可玩，云是道光窑，因以一元得之。范总长辞职而代以海军总长刘冠雄，下午到部演说少顷，不知所云。赴临记洋行购饼饵、饴糖共三元。晚收二弟所寄《无机化学》译稿三册，三十一日发，为诗荃所欲假观者，即交季市，托转赠之。收三十一日及一日《越铎》各一分，又三十日《越铎》及《警铎》各一分。收李鸿梁信。季市招饮，有蒸鹜、火腿。

十日 晴，风。夜季市贻火腿一块。

三　月

二十九日 晴，小风。上午赴池田医院诊并取药，付值一元二角。午后往前门内临记洋行买牙粉、肥皂及饼饵等。晚收二十三日《越铎》一分。夜写定虞预《晋书》集本。

四　月

十三日 昙。星期休息。上午得二弟信，八日发。得李霞卿信，九日南京发。午后子英来。下午往临记洋行购领结及饼饵。访遏先不遇，在协和处坐少顷。

三十日 上午得二弟信，二十六日发。午前寄二弟信并月用五十元。下午晦，雷，大风，微雨少顷止。晚食蒸山药、生白菜、鸡丝。

五　月

一日 晴。上午寄二弟《雅雨堂丛书》一包十三册，此二十八日所寄之余。午后赴劝业场理发并饮茗。晚子英来，招之至广和居饮，子佩同去。夜齿大痛，不得眠。

三日 午前与部中人十余同赴董次长家，速其至部视事。午后赴王府井牙医徐景文处治牙疾，约定补齿四枚，并买含嗽药一瓶，共价四十七元，付十元。过稻香村买饼干一元。

十日 晴。晨得二弟信，六日发。寄二弟信。午后以法源寺开释迦文佛降世二千九百四十年纪念大会，因往瞻礼，比至乃甚嚣尘上，不可驻足，便出归寓。收六日《越铎》一分。晚往徐景文处治齿，归途过临记买饼饵一元。得戴芦舲简。夜大风。

二十四日 午后赴劝工场，欲买皮箧，无当意者。过稻香村购饼饵、肴馔一元。下午收二十日《越铎》一分。得二弟所寄小包一，乃以转寄东京者，十四日发。

八　月

二十叁日 雨。上午寄二弟《文学十讲》一册。午后晴。赴前门临记洋行买饼饵一元八角，又往观音寺街晋和祥买牛肉二罐，直八角。下午得车耕南信，十八日杭州发。

十　月

四日 晴。午后往留黎厂神州国光社买《神州大观》第三集一册，一元六角五分。又至观音寺街晋和祥买饼饵二元。晚许季市招饮于广和居，同席共十一人，皆教育部员。

六日 昙，上午晛，耕南移入邑馆，交来家所托带火腿一方，又赠茗一瓶，饼干一罐。

十一月

一日 昙，上午晴。寄二弟信并十月家用百元。午后同夏司长往什刹海京师图书馆。下午往观音寺街升平园浴，又至稻香村买香肠、熏鱼。夜录《石屏集》卷八毕，计六叶。

七日 午同钱稻孙出市买饼饵、饮牛乳以代饭。夜写《石屏集》卷九毕，计二十五叶。

甲寅日记（一九一四年）

正　月

十日 上午得二弟并二弟妇信，六日发。午与齐寿山、徐吉轩、戴芦苓往益昌食面包、加非。过石驸马大街骨董店，选得宋、元泉十三枚，以银一元购之。下午往晋和祥买牛舌、甘蕉糖各一器，一元一角。

三　月

十三日　晴，风。下午得二弟及二弟妇信，九日发。晚季市遗火腿一方。

八　月

一日　晴。下午往明和祥及稻香村，共买食物二元。夜小风。

十二月

十四日　昙，下午风。买益昌饼饵两种。

十九日　午同稻孙至益昌饭，又买饼饵一合，一元二角。午后同季市至劝业场。

乙卯日记（一九一五年）

七　月

二日　昙。上午得二弟所寄《千甓亭古专图释》四本，廿七日付邮。午后晴。下午往观音寺街买履一两，一元六角，饼干一匣，一元四角。浴。

十一日　晴。星期休息。上午得二弟所寄《古学汇刊》散叶一包，七日付邮。下午访许季上，归过益昌买食物一元。夜大雨。

八　月

六日　昙。午后往徐景文寓疗齿。往留黎厂买古专拓本四枚，善业涅拓本二枚，共五角。下午得西泠印社明信片，三日发。晚冀育堂招饮于泰丰楼，同席十人。夜雨。

九　月

十日　晴，风。晨得二弟明信片，六日发。晚齐寿山邀至其家食蟹，有张仲素、徐吉轩、戴芦苓、许季上，大饮啖，剧谭，夜归。

十二月

二十六日　晴。星期休息。上午寄二弟信。午周友芝来。下午往大栅阑买熏鱼、豆腐干等，共五角。往徐景文寓疗齿。晚范云台、许诗荃来，各遗以《会稽郡故书杂集》一册。

《马上日记》（节选）

一九二六年六月二十六日

晴。

上午，得霁野从他家乡寄来的信，话并不多，说家里有病人，别的一切人也都在毫无防备的将被疾病袭击的恐怖中；末尾还有几句感慨。

午后，织芳从河南来，谈了几句，匆匆忙忙地就走了，放下两个包，说这是“方糖”，送你吃的，怕不见得好。织芳这一回有点发胖，又这么忙，又穿着方马褂，我恐怕他将要做官了。

打开包来看时，何尝是“方”的，却是圆圆的小薄片，黄棕色。吃起来又凉又细腻，确是好东西。但我不明白织芳为什么叫它“方糖”？但这也就可以作为他将要做官的一证。

景宋说这是河南一处什么地方的名产，是用柿霜做成的；性凉，如果嘴角上生些小疮之类，用这一搽，便会好。怪不得有这么细腻，

原来是凭了造化的妙手，用柿皮来滤过的。可惜到他说明的时候，我已经吃了一大半了。连忙将所余的收起，豫备将来嘴角上生疮的时候，好用这来搽。

夜间，又将藏着的柿霜糖吃了一大半，因为我忽而又以为嘴角上生疮的时候究竟不很多，还不如现在趁新鲜吃一点。不料一吃，就又吃了一大半了。

这才是我说的

人活着就是为了吃糖

《马上日记之二》（节选）

一九二六年七月八日

上午，往伊东医士寓去补牙，等在客厅里，有些无聊。四壁只挂着一幅织出的画和两副对，一副是江朝宗的，一副是王芝祥的。署名之下，各有两颗印，一颗是姓名，一颗是头衔；江的是“迪威将军”，王的是“佛门弟子”。

午后，密斯高来，适值毫无点心，只得将宝藏着的搽嘴角生疮有效的柿霜糖装在碟子里拿出去。我时常有点心，有客来便请他吃点心；最初是“密斯”和“密斯得”一视同仁，但密斯得有时委实利害，往往吃得很彻底，一个不留，我自己倒反有“向隅”之感。如果想吃，又须出去买来。于是很有戒心了，只得改变方针，有万不得已时，则以落花生代之。这一著很有效，总是吃得不多，既然吃不多，我便开始敦劝了，有时竟劝得怕吃落花生如织芳之流，至于因此逡巡逃走。从去年夏天发明了这一种花生政策以后，至今还

在继续厉行。但密斯们却不在此限，她们的胃似乎比他们要小五分之四，或者消化力要弱到十分之八，很小的一个点心，也大抵要留下一半，倘是一片糖，就剩下一角。拿出来陈列片时，吃去一点，于我的损失是极微的，“何必改作”？

密斯高是很少来的客人，有点难于执行花生政策。恰巧又没有别的点心，只好献出柿霜糖去了。这是远道携来的名糖，当然可以见得郑重。

我想，这糖不大普通，应该先说明来源和功用。但是，密斯高却已经一目了然了。她说：这是出在河南汜水县的；用柿霜做成。颜色最好是深黄；倘是淡黄，那便不是纯柿霜。这很凉，如果嘴角这些地方生疮的时候，便含着，使它渐渐从嘴角流出，疮就好了。

她比我耳食所得的知道得更清楚，我只好不作声，而且这时才记起她是河南人。请河南人吃几片柿霜糖，正如请我喝一小杯黄酒一样，真可谓“其愚不可及也”。

茭白的心里有黑点的，我们那里称为灰茭，虽是乡下人也不愿意吃，北京却用在大酒席上。卷心白菜在北京论斤论车地卖，一到南边，便根上系着绳，倒挂在水果铺子的门前了，买时论两，或者半株，用处是放在阔气的火锅中，或者给鱼翅垫底。但假如有谁在北京特地请我吃灰茭，或北京人到南边时请他吃煮白菜，则即使不至于称为“笨伯”，也未免有些乖张罢。

但密斯高居然吃了一片，也许是聊以敷衍主人的面子的。到晚上我空口坐着，想：这应该请河南以外的别省人吃的，一面想，一面吃，不料这样就吃完了。

凡物总是以希为贵。假如在欧美留学，毕业论文最好是讲李太白，杨朱，张三；研究萧伯讷，威尔士就不大妥当，何况但丁之类。《但丁传》的作者跋忒莱尔（A. J.Butler）就说关于但丁的文献实在看不完。待到回了中国，可就可以讲讲萧伯讷，威尔士，甚而至于莎士比亚了。何年何月自己曾在曼殊斐儿墓前痛哭，何月何日何时曾在何处和法兰斯点头，他还拍着自己的肩头说道：你将来要有些像我的！至于“四书”“五经”之类，在本地似乎究以少谈为是。虽然夹些“流言”在内，也未必便于“学理和事实”有妨。

《马上支日记》(节选)

一九二六年七月六日

晴。

午后，到前门外去买药。配好之后，付过钱，就站在柜台前喝了一回份。其理由有三：一，已经停了一天了，应该早喝；二，尝尝味道，是否不错的；三，天气太热，实在有点口渴了。

不料有一个买客却看得奇怪起来。我不解这有什么可以奇怪的；然而他竟奇怪起来了，悄悄地向店伙道：

“那是戒烟药水罢？”

“不是的！”店伙替我维持名誉。

“这是戒大烟的罢？”他于是直接地问我了。

我觉得倘不将这药认作“戒烟药水”，他大概是死不瞑目的。人生几何，何必固执，我便似点非点的将头一动，同时请出我那“介乎两可之间”的好回答来：

“唔唔……。”

这既不伤店伙的好意，又可以聊慰他热烈的期望，该是一帖妙药。果然，从此万籁无声，天下太平，我在安静中塞好瓶塞，走到街上了。

到中央公园，径向约定的一个僻静处所，寿山已先到，略一休息，便开手对译《小约翰》。这是一本好书，然而得来却是偶然的事。大约二十年前，我在日本东京的旧书店头买到几十本旧的德文文学杂志，内中有着这书的绍介和作者的评传，因为那时刚译成德文。觉得有趣，便托丸善书店去买来了；想译，没有这力。后来也常常想到，但总为别的事情岔开；直到去年，才决计在暑假中将它译好，并且登出广告去，而不料那一暑假过得比别的时候还艰难。今年又记得起来，翻检一过，疑难之处很不少，还是没有这力。问寿山可肯同译，他答应了，于是开手；并且约定，必须在这暑假期中译完。

晚上回家，吃了一点饭，就坐在院子里乘凉。田妈告诉我，今天下午，斜对门的谁家的婆婆和儿媳大吵了一通嘴。据她看来，婆婆自然有些错，但究竟是儿媳妇太不合道理了。问我的意思，以为何如。我先就没有听清吵嘴的是谁家，也不知道是怎样的两个婆媳，更没有听到她们的来言去语，明白她们的旧恨新仇。现在要我加以裁判，委实有点不敢自信，况且我又向来并不是批评家。我于是只得说：这事我无从断定。

但是这句话的结果很坏。在昏暗中，虽然看不见脸色，耳朵

中却听到：一切声音都寂然了。静，沉闷的静；后来还有人站起，走开。

我也无聊地慢慢地站起，走进自己的屋子里，点了灯，躺在床上看晚报；看了几行，又无聊起来了，便碰到东壁下去写日记，就是这《马上支日记》。

院子里又渐渐地有了谈笑声，说论声。

今天的运气似乎很不佳：路人冤我喝“戒烟药水”，田妈说我……。她怎么说，我不知道。但愿从明天起，不再这样。

送灶日漫笔

坐听着远远近近的爆竹声，知道灶君先生们都在陆续上天，向玉皇大帝讲他的东家的坏话去了，但是他大概终于没有讲，否则，中国人一定比现在要更倒楣。

灶君升天的那日，街上还卖着一种糖，有柑子那么大小，在我们那里也有这东西，然而扁的，像一个厚厚的小烙饼。那就是所谓"胶牙饧"了。本意是在请灶君吃了，粘住他的牙，使他不能调嘴学舌，对玉帝说坏话。我们中国人意中的神鬼，似乎比活人要老实些，所以对鬼神要用这样的强硬手段，而于活人却只好请吃饭。

今之君子往往讳言吃饭，尤其是请吃饭。那自然是无足怪的，的确不大好听。只是北京的饭店那么多，饭局那么多，莫非都在食蛤蜊，谈风月，"酒酣耳热而歌呜呜"么？不尽然的，的确也有许多"公论"从这些地方播种，只因为公论和请帖之间看不出蛛丝马迹，所以议论便堂哉皇哉了。但我的意见，却以为还是酒后的公论

有情。人非木石，岂能一味谈理，碍于情面而偏过去了，在这里正有着人气息。况且中国是一向重情面的。何谓情面？明朝就有人解释过，曰："情面者，面情之谓也。"自然不知道他说什么，但也就可以懂得他说什么。在现今的世上，要有不偏不倚的公论，本来是一种梦想；即使是饭后的公评，酒后的宏议，也何尝不可姑妄听之呢。然而，倘以为那是真正老牌的公论，却一定上当，——但这也不能独归罪于公论家，社会上风行请吃饭而讳言请吃饭，使人们不得不虚假，那自然也应该分任其咎的。

记得好几年前，是"兵谏"之后，有枪阶级专喜欢在天津会议的时候，有一个青年愤愤地告诉我道：他们那里是会议呢，在酒席上，在赌桌上，带着说几句就决定了。他就是受了"公论不发源于酒饭说"之骗的一个，所以永远是愤然，殊不知他那理想中的情形，怕要到二九二五年才会出现呢，或者竟许到三九二五年。

然而不以酒饭为重的老实人，却是的确也有的，要不然，中国自然还要坏。有些会议，从午后二时起，讨论问题，研究章程，此问彼难，风起云涌，一直到七八点，大家就无端觉得有些焦躁不安，脾气愈大了，议论愈纠纷了，章程愈渺茫了，虽说我们到讨论完毕后才散罢，但终于一哄而散，无结果。这就是轻视了吃饭的报应，六七点钟时分的焦躁不安，就是肚子对于本身和别人的警告，而大家误信了吃饭与讲公理无关的妖言，毫不瞅睬，所以肚子就使你演说也没精采，宣言也——连草稿都没有。

但我并不说凡有一点事情，总得到什么太平湖饭店，撷英番菜馆之类里去开大宴；我于那些店里都没有股本，犯不上替他们来拉主顾，人们也不见得都有这么多的钱。我不过说，发议论和请吃饭，现在还是有关系的；请吃饭之于发议论，现在也还是有益处的；虽然，这也是人情之常，无足深怪的。

顺便还要给热心而老实的青年们进一个忠告，就是没酒没饭的开会，时候不要开得太长，倘若时候已晚了，那么，买几个烧饼来吃了再说。这么一办，总可以比空着肚子的讨论容易有结果，容易得收场。

胶牙饧的强硬办法，用在灶君身上我不管它怎样，用之于活人是不大好的。倘是活人，莫妙于给他醉饱一次，使他自己不开口，却不是胶住他。中国人对人的手段颇高明，对鬼神却总有些特别，二十三夜的捉弄灶君即其一例，但说起来也奇怪，灶君竟至于到了现在，还仿佛没有省悟似的。

道士们的对付“三尸神”，可是更利害了。我也没有做过道士，详细是不知道的，但据“耳食之言”，则道士们以为人身中有三尸神，到有一日，便乘人熟睡时，偷偷地上天去奏本身的过恶。这实在是人体本身中的奸细，《封神传演义》常说的“三尸神暴躁，七窍生烟”的三尸神，也就是这东西。但据说要抵制他却不难，因为他上天的日子是有一定的，只要这一日不睡觉，他便无隙可乘，只好将过恶都放在肚子里，再看明年的机会了。连胶牙饧都没得吃，

他实在比灶君还不幸，值得同情。

三尸神不上天，罪状都放在肚子里；灶君虽上天，满嘴是糖，在玉皇大帝面前含含胡胡地说了一通，又下来了。对于下界的情形，玉皇大帝一点也听不懂，一点也不知道，于是我们今年当然还是一切照旧，天下太平。

我们中国人对于鬼神也有这样的手段。

我们中国人虽然敬信鬼神；却以为鬼神总比人们傻，所以就用了特别的方法来处治他。至于对人，那自然是不同的了，但还是用了特别的方法来处治，只是不肯说；你一说，据说你就是卑视了他了。诚然，自以为看穿了的话，有时也的确反不免于浅薄。

写于一九二六年二月五日

发表于同年二月十一日《国民新报副刊》

我周树人从来不骂人

论“他妈的！”

无论是谁，只要在中国过活，便总得常听到“他妈的”或其相类的口头禅。我想：这话的分布，大概就跟着中国人足迹之所至罢；使用的遍数，怕也未必比客气的“您好呀”会更少。假使依或人所说，牡丹是中国的“国花”，那么，这就可以算是中国的“国骂”了。

我生长于浙江之东，就是西滢先生之所谓“某籍”。那地方通行的“国骂”却颇简单：专一以“妈”为限，决不牵涉余人。后来稍游各地，才始惊异于国骂之博大而精微：上溯祖宗，旁连姊妹，下递子孙，普及同性，真是“犹河汉而无极也”。而且，不特用于人，也以施之兽。前年，曾见一辆煤车的只轮陷入很深的辙迹里，车夫便愤然跳下，出死力打那拉车的骡子道：“你姊姊的！你姊姊的！”

别的国度里怎样，我不知道。单知道诺威人 Hamsun 有一本

小说叫《饥饿》，粗野的口吻是很多的，但我并不见这一类话。Gorky所写的小说中多无赖汉，就我所看过的而言，也没有这骂法。惟独 Artzybashev 在《工人绥惠略夫》里，却使无抵抗主义者亚拉借夫骂了一句“你妈的”。但其时他已经决计为爱而牺牲了，使我们也失却笑他自相矛盾的勇气。这骂的翻译，在中国原极容易的，别国却似乎为难，德文译本作“我使用过你的妈”，日文译本作“你的妈是我的母狗”。这实在太费解，——由我的眼光看起来。

那么，俄国也有这类骂法的了，但因为究竟没有中国似的精博，所以光荣还得归到这边来。好在这究竟又并非什么大光荣，所以他们大约未必抗议；也不如“赤化”之可怕，中国的阔人，名人，高人，也不至于骇死的。但是，虽在中国，说的也独有所谓“下等人”，例如“车夫”之类，至于有身分的上等人，例如“士大夫”之类，则决不出之于口，更何况笔之于书。“予生也晚”，赶不上周朝，未为大夫，也没有做士，本可以放笔直干的，然而终于改头换面，从“国骂”上削去一个动词和一个名词，又改对称为第三人称者，恐怕还因为到底未曾拉车，因而也就不免“有点贵族气味”之故。那用途，既然只限于一部分，似乎又有些不能算作“国骂”了；但也不然，阔人所赏识的牡丹，下等人又何尝以为“花之富贵者也”？

这“他妈的”的由来以及始于何代，我也不明白。经史上所见骂人的话，无非是“役夫”，“奴”，“死公”；较厉害的，有“老狗”，“貉子”；更厉害，涉及先代的，也不外乎“而母婢也”，“赘阉遗丑”罢了！还没见过什么“妈的”怎样，虽然也许是士大夫讳而不录。但《广弘明集》（七）记北魏邢子才“以为妇人不可保。谓元景曰，‘卿何必姓王？’元景变色。子才曰，‘我亦何必姓邢；能保五世耶？’”则颇有可以推见消息的地方。

晋朝已经是大重门第，重到过度了；华胄世业，子弟便易于得官；即使是一个酒囊饭袋，也还是不失为清品。北方疆土虽失于拓跋氏，士人却更其发狂似的讲究阀阅，区别等第，守护极严。庶民中纵有俊才，也不能和大姓比并。至于大姓，实不过承祖宗余荫，以旧业骄人，空腹高心，当然使人不耐。但士流既然用祖宗做护符，被压迫的庶民自然也就将他们的祖宗当作仇敌。邢子才的话虽然说不定是否出于愤激，但对于躲在门第下的男女，却确是一个致命的重伤。势位声气，本来仅靠了“祖宗”这惟一的护符而存，“祖宗”倘一被毁，便什么都倒败了。这是倚赖“余荫”的必得的果报。

同一的意思，但没有邢子才的文才，而直出于“下等人”之口的，就是：“他妈的！”

要攻击高门大族的坚固的旧堡垒，却去瞄准他的血统，在战略上，真可谓奇谲的了。最先发明这一句“他妈的”的人物，确要算一个天才，——然而是一个卑劣的天才。

唐以后，自夸族望的风气渐渐消除；到了金元，已奉夷狄为帝王，自不妨拜屠沽作卿士，“等”的上下本该从此有些难定了，但偏还有人想辛辛苦苦地爬进“上等”去。刘时中的曲子里说：“堪笑这没见识街市匹夫，好打那好顽劣。江湖伴侣，旋将表德官名相体呼，声音多厮称，字样不寻俗。听我一个个细数：粜米的唤子良；卖肉的呼仲甫……开张卖饭的呼君宝；磨面登罗底叫德夫：何足云乎？！”（《乐府新编阳春白雪》三）这就是那时的暴发户的丑态。

“下等人”还未暴发之先，自然大抵有许多“他妈的”在嘴上，但一遇机会，偶窃一位，略识几字，便即文雅起来：雅号也有了；身分也高了；家谱也修了，还要寻一个始祖，不是名儒便是名臣。从此化为“上等人”，也如上等前辈一样，言行都很温文尔雅。然而愚民究竟也有聪明的，早已看穿了这鬼把戏，所以又有俗谚，说：“口上仁义礼智，心里男盗女娼！”他们是很明白的。

于是他们反抗了，曰：“他妈的！”

但人们不能蔑弃扫荡人我的余泽和旧荫，而硬要去做别人的祖宗，无论如何，总是卑劣的事。有时，也或加暴力于所谓“他妈的”的生命上，但大概是乘机，而不是造运会，所以无论如何，也还是卑劣的事。

中国人至今还有无数“等”，还是依赖门第，还是倚仗祖宗。倘不改造，即永远有无声的或有声的“国骂”。就是“他妈的”，围绕在上下和四旁，而且这还须在太平的时候。

但偶尔也有例外的用法：或表惊异，或表感服。我曾在家乡看见乡农父子一同午饭，儿子指一碗菜向他父亲说：“这不坏，妈的你尝尝看！”那父亲回答道：“我不要吃。妈的你吃去罢！”则简直已经醇化为现在时行的“我的亲爱的”的意思了。

写于一九二五年七月十九日

发表于同年七月二十七日《语丝》周刊第三十七期

我要骗人

疲劳到没有法子的时候，也偶然佩服了超出现世的作家，要模仿一下来试试。然而不成功。超然的心，是得像贝类一样，外面非有壳不可的。而且还得有清水。浅间山边，倘是客店，那一定是有的罢，但我想，却未必有去造“象牙之塔”的人的。

为了希求心的暂时的平安，作为穷余的一策，我近来发明了别样的方法了，这就是骗人。

去年的秋天或是冬天，日本的一个水兵，在闸北被暗杀了。忽然有了许多搬家的人，汽车租钱之类，都贵了好几倍。搬家的自然是中国人，外国人是很有趣似的站在马路旁边看。我也常常去看的。一到夜里，非常之冷静，再没有卖食物的小商人了，只听得有时从远处传来着犬吠。然而过了两三天，搬家好像被禁止了。警察拚死命的在殴打那些拉着行李的大车夫和洋车夫，日本的报章，中国的报章，都异口同声的对于搬了家的人们给了一个“愚民”的徽号。

这意思就是说，其实是天下太平的，只因为有这样的“愚民”，所以把颇好的天下，弄得乱七八糟了。

我自始至终没有动，并未加入“愚民”这一伙里。但这并非为了聪明，却只因为懒惰。也曾陷在五年前的正月的上海战争——日本那一面，好像是喜欢称为“事变”似的——的火线下，而且自由早被剥夺，夺了我的自由的权力者，又拿着这飞上空中了，所以无论跑到那里去，都是一个样。中国的人民是多疑的。无论那一国人，都指这为可笑的缺点。然而怀疑并不是缺点。总是疑，而并不下断语，这才是缺点。我是中国人，所以深知道这秘密。其实，是在下着断语的，而这断语，乃是：到底还是不可信。但后来的事实，却大抵证明了这断语的的确。中国人不疑自己的多疑。所以我的没有搬家，也并不是因为怀着天下太平的确信，说到底，仍不过为了无论那里都一样的危险的缘故。五年以前翻阅报章，看见过所记的孩子的死尸的数目之多，和从不见有记着交换俘虏的事，至今想起来，也还是非常悲痛的。

虐待搬家人，殴打车夫，还是极小的事情。中国的人民，是常用自己的血，去洗权力者的手，使他又变成洁净的人物的，现在单是这模样就完事，总算好得很。

但当大家正在搬家的时候，我也没有整天站在路旁看热闹，或者坐在家里读世界文学史之类的心思。走远一点，到电影院里散闷去。一到那里，可真是天下太平了。这就是大家搬家去住的处所。

我刚要跨进大门，被一个十二三岁的女孩子捉住了。是小学生，在募集水灾的捐款，因为冷，连鼻子尖也冻得通红。我说没有零钱，她就用眼睛表示了非常的失望。我觉得对不起人，就带她进了电影院，买过门票之后，付给她一块钱。她这回是非常高兴了，称赞我道，“你是好人”，还写给我一张收条。只要拿着这收条，就无论到那里，都没有再出捐款的必要。于是我，就是所谓“好人”，也轻松的走进里面了。

看了什么电影呢？现在已经丝毫也记不起。总之，大约不外乎一个英国人，为着祖国，征服了印度的残酷的酋长，或者一个美国人，到亚非利加去，发了大财，和绝世的美人结婚之类罢。这样的消遣了一些时光，傍晚回家，又走进了静悄悄的环境。听到远地里的犬吠声。女孩子的满足的表情的相貌，又在眼前出现，自己觉得做了好事情了，但心情又立刻不舒服起来，好像嚼了肥皂或者什么一样。

诚然，两三年前，是有过非常的水灾的，这大水和日本的不同，几个月或半年都不退。但我又知道，中国有着叫作“水利局”的机关，每年从人民收着税钱，在办事。但反而出了这样的大水了。我又知道，有一个团体演了戏来筹钱，因为后来只有二十几元，衙门就发怒不肯要。连被水灾所害的难民成群的跑到安全之处来，说是有害治安，就用机关枪去扫射的话也都听到过。恐怕早已统统死掉了罢。然而孩子们不知道，还在拚命的替死人募集生活费，募不到，就失望，募到手，就喜欢。而其实，一块来钱，是连给水利局的老爷买一天的烟卷也不够的。我明明知道着，却好像也相信款子真会到灾民的手里似的，付了一块钱。实则不过买了这天真烂漫的孩子的欢喜罢了。我不爱看人们的失望的样子。

倘使我那八十岁的母亲，问我天国是否真有，我大约是会毫不踌躕，答道真有的罢。

然而这一天的后来的心情却不舒服。好像是又以为孩子和老人不同，骗她是不应该似的，想写一封公开信，说明自己的本心，去消释误解，但又想到横竖没有发表之处，于是中止了，时候已是夜里十二点钟。到门外去看了一下。

已经连人影子也看不见。只在一家的檐下，有一个卖馄饨的，在和两个警察谈闲天。这是一个平时不大看见的特别穷苦的肩贩，存着的材料多得很，可见他并无生意。用两角钱买了两碗，和我的女人两个人分吃了。算是给他赚一点钱。

庄子曾经说过：“干下去的（曾经积水的）车辙里的鲋鱼，彼此用唾沫相湿，用湿气相嘘，”——然而他又说，“倒不如在江湖里，大家互相忘却的好。”

可悲的是我们不能互相忘却。而我，却愈加恣意的骗起人来了。如果这骗人的学问不毕业，或者不中止，恐怕是写不出圆满的文章来的。

但不幸而在既未卒业，又未中止之际，遇到山本社长了。因为要我写一点什么，就在礼仪上，答道“可以的”。因为说过“可以”，

就应该写出来，不要使他失望，然而到底也还是写了骗人的文章。

写着这样的文章，也不是怎么舒服的心地。要说的话多得很，但得等候“中日亲善”更加增进的时光。不久之后，恐怕那“亲善”的程度，竟会到在我们中国，认为排日即国贼——因为说是共产党利用了排日的口号，使中国灭亡的缘故——而到处的断头台上，都闪烁着太阳的圆圈的罢，但即使到了这样子，也还不是披沥真实的心的时光。

单是自己一个人的过虑也说不定：要彼此看见和了解真实的心，倘能用了笔，舌，或者如宗教家之所谓眼泪洗明了眼睛那样的便当的方法，那固然是非常之好的，然而这样便宜事，恐怕世界上也很少有。这是可以悲哀的。一面写着漫无条理的文章，一面又觉得对不起热心的读者了。

临末，用血写添几句个人的豫感，算是一个答礼罢。

写于一九三六年二月二十三日

发表于同年四月日本《改造》月刊

我之节烈观

“世道浇漓，人心日下，国将不国”这一类话，本是中国历来的叹声。不过时代不同，则所谓“日下”的事情，也有迁变：从前指的是甲事，现在叹的或是乙事。除了“进呈御览”的东西不敢妄说外，其余的文章议论里，一向就带这口吻。因为如此叹息，不但针砭世人，还可以从“日下”之中，除去自己。所以君子固然相对慨叹，连杀人放火嫖妓骗钱以及一切鬼混的人，也都乘作恶余暇，摇着头说道，“他们人心日下了。”

世风人心这件事，不但鼓吹坏事，可以“日下”；即使未曾鼓吹，只是旁观，只是赏玩，只是叹息，也可以叫他“日下”。所以近一年来，居然也有几个不肯徒托空言的人，叹息一番之后，还要想法子来挽救。第一个是康有为，指手画脚的说“虚君共和”才好，陈独秀便斥他不兴；其次是一班灵学派的人，不知何以起了极古奥的思想，要请“孟圣矣乎”的鬼来画策；陈百年钱玄同刘半农又道

他胡说。

这几篇驳论，都是《新青年》里最可寒心的文章。时候已是二十世纪了；人类眼前，早已闪出曙光。假如《新青年》里，有一篇和别人辩地球方圆的文字，读者见了，怕一定要发怔。然而现今所辩，正和说地体不方相差无几。将时代和事实，对照起来，怎能不教人寒心而且害怕？

近来虚君共和是不提了，灵学似乎还在那里捣鬼，此时却又有一群人，不能满足；仍然摇头说道，“人心日下”了。于是又想出一种挽救的方法；他们叫作“表彰节烈”！

这类妙法，自从君政复古时代以来，上上下下，已经提倡多年；此刻不过是竖起旗帜的时候。文章议论里，也照例时常出现，都嚷道“表彰节烈”！要不说这件事，也不能将自己提拔，出于“人心日下”之中。

节烈这两个字，从前也算是男子的美德，所以有过“节士”，“烈士”的名称。然而现在的“表彰节烈”，却是专指女子，并无男子在内。据时下道德家的意见，来定界说，大约节是丈夫死了，决不再嫁，也不私奔，丈夫死得愈早，家里愈穷，他便节得愈好。烈可是有两种：一种是无论已嫁未嫁，只要丈夫死了，他也跟着自尽；一种是有强暴来污辱他的时候，设法自戕，或者抗拒被杀，都无不可。这也是死得愈惨愈苦，他便烈得愈好，倘若不及抵御，竟受了污辱，然后自戕，便免不了议论。万一幸而遇着宽厚的道德家，有时也可以略迹原情，许他一个烈字。可是文人学士，已经不甚愿意替他作传；就令勉强动笔，临了也不免加上几个“惜夫惜夫”了。

总而言之：女子死了丈夫，便守着，或者死掉；遇了强暴，便死掉；将这类人物，称赞一通，世道人心便好，中国便得救了。大意只是如此。

康有为借重皇帝的虚名，灵学家全靠着鬼话。这表彰节烈，却是全权都在人民，大有渐进自力之意了。然而我仍有几个疑问，须得提出。还要据我的意见，给他解答。我又认定这节烈救世说，是多数国民的意思；主张的人，只是喉舌。虽然是他发声，却和四支五官神经内脏，都有关系。所以我这疑问和解答，便是提出于这群多数国民之前。

首先的疑问是：不节烈（中国称不守节作“失节”，不烈却并无成语，所以只能合称他“不节烈”）的女子如何害了国家？照现在的情形，“国将不国”，自不消说：丧尽良心的事故，层出不穷；刀兵盗贼水旱饥荒，又接连而起。但此等现象，只是不讲新道德新学问的缘故，行为思想，全钞旧帐；所以种种黑暗，竟和古代的乱世仿佛，况且政界军界学界商界等等里面，全是男人，并无不节烈的女子夹杂在内。也未必是有权力的男子，因为受了他们的蛊惑，这才丧了良心，放手作恶。至于水旱饥荒，便是专拜龙神，迎大王，滥伐森林，不修水利的祸祟，没有新知识的结果；更与女子无关。只有刀兵盗贼，往往造出许多不节烈的妇女。但也是兵盗在先，不

节烈在后，并非因为他们不节烈了，才将刀兵盗贼招来。

其次的疑问是：何以救世的责任，全在女子？照着旧派说起来，女子是“阴类”，是主内的，是男子的附属品。然则治世救国，正须责成阳类，全仗外子，偏劳主体。决不能将一个绝大题目，都阁在阴类肩上。倘依新说，则男女平等，义务略同。纵令该担责任，也只得分担。其余的一半男子，都该各尽义务。不特须除去强暴，还应发挥他自己的美德。不能专靠惩劝女子，便算尽了天职。

其次的疑问是：表彰之后，有何效果？据节烈为本，将所有活着的女子，分类起来，大约不外三种：一种是已经守节，应该表彰的人（烈者非死不可，所以除出）；一种是不节烈的人；一种是尚未出嫁，或丈夫还在，又未遇见强暴，节烈与否未可知的人。第一种已经很好，正蒙表彰，不必说了。第二种已经不好，中国从来不许忏悔，女子做事一错，补过无及，只好任其羞杀，也不值得说了。最要紧的，只在第三种，现在一经感化，他们便都打定主意道：“倘若将来丈夫死了，决不再嫁；遇着强暴，赶紧自裁！”试问如此立意，与中国男子做主的世道人心，有何关系？这个缘故，已在上文说明。更有附带的疑问是：节烈的人，既经表彰，自是品格最高。但圣贤虽人人可学，此事却有所不能。假如第三种的人，虽然立志极高，万一丈夫长寿，天下太平，他便只好饮恨吞声，做一世次等的人物。

以上是单依旧日的常识，略加研究，便已发见了许多矛盾。若略带二十世纪气息，便又有两层：

一问节烈是否道德？道德这事，必须普遍，人人应做，人人能行，又于自他两利，才有存在的价值。现在所谓节烈，不特除开男子，绝不相干；就是女子，也不能全体都遇着这名誉的机会。所以决不能认为道德，当作法式。上回《新青年》登出的《贞操论》里，已经说过理由。不过贞是丈夫还在，节是男子已死的区别，道理却可类推。只有烈的一件事，尤为奇怪，还须略加研究。

照上文的节烈分类法看来，烈的第一种，其实也只是守节，不过生死不同。因为道德家分类，根据全在死活，所以归入烈类。性质全异的，便是第二种。这类人不过一个弱者（现在的情形，女子还是弱者），突然遇着男性的暴徒，父兄丈夫力不能救，左邻右舍也不帮忙，于是他就死了；或者竟受了辱，仍然死了；或者终于没有死。久而久之，父兄丈夫邻舍，夹着文人学士以及道德家，便渐渐聚集，既不羞自己怯弱无能，也不提暴徒如何惩办，只是七口八嘴，议论他死了没有？受污没有？死了如何好，活着如何不好。于是造出了许多光荣的烈女，和许多被人口诛笔伐的不烈女。只要平心一想，便觉不像人间应有的事情，何况说是道德。

二问多妻主义的男子，有无表彰节烈的资格？替以前的道德家说话，一定是理应表彰。因为凡是男子，便有点与众不同，社会上只配有他的意思。一面又靠着阴阳内外的古典，在女子面前逞能。然而一到现在，人类的眼里，不免见到光明，晓得阴阳内外之说，荒谬绝伦；就令如此，也证不出阳比阴尊贵，外比内崇高的道理。

况且社会国家，又非单是男子造成。所以只好相信真理，说是一律平等。既然平等，男女便都有一律应守的契约。男子决不能将自己不守的事，向女子特别要求。若是买卖欺骗贡献的婚姻，则要求生时的贞操，尚且毫无理由。何况多妻主义的男子，来表彰女子的节烈。

以上，疑问和解答都完了。理由如此支离，何以直到现今，居然还能存在？要对付这问题，须先看节烈这事，何以发生，何以通行，何以不生改革的缘故。

古代的社会，女子多当作男人的物品。或杀或吃，都无不可；男人死后，和他喜欢的宝贝，日用的兵器，一同殉葬，更无不可。后来殉葬的风气，渐渐改了，守节便也渐渐发生。但大抵因为寡妇是鬼妻，亡魂跟着，所以无人敢娶，并非要他不事二夫。这样风俗，现在的蛮人社会里还有。中国太古的情形，现在已无从详考。但看周末虽有殉葬，并非专用女人，嫁否也任便，并无什么裁制，便可知道脱离了这宗习俗，为日已久。由汉至唐也并没有鼓吹节烈。直到宋朝，那一班“业儒”的才说出“饿死事小失节事大”的话，看见历史上“重适”两个字，便大惊小怪起来。出于真心，还是故意，现在却无从推测。其时也正是“人心日下，国将不国”的时候，全国士民，多不像样。或者“业儒”的人，想借女人守节的话，来鞭策男子，也不一定。但旁敲侧击，方法本嫌鬼祟，其意也太难分明，后来因此多了几个节妇，虽未可知，然而吏民将卒，却仍然无所感动。于是“开化最早，道德第一”的中国终于归了“长生天气力里大福荫护助里”的什么“薛禅皇帝，完泽笃皇帝，曲律皇帝”了。此后皇帝换过了几家，守节思想倒反发达。皇帝要臣子尽忠，男人便愈要女人守节。到了清朝，儒者真是愈加利害。看见唐人文章里有公主改嫁的话，也不免勃然大怒道，“这是什么事！你竟不为尊者讳，这还了得！”假使这唐人还活着，一定要斥革功名，“以正人心而端风俗”了。

国民将到被征服的地位，守节盛了；烈女也从此着重。因为女子既是男子所有，自己死了，不该嫁人，自己活着，自然更不许被夺。然而自己是被征服的国民，没有力量保护，没有勇气反抗了，只好别出心裁，鼓吹女人自杀。或者妻女极多的阔人，婢妾成行的富翁，乱离时候，照顾不到，一遇“逆兵”（或是“天兵”），就无法可想。只得救了自己，请别人都做烈女；变成烈女，“逆兵”便不要了。他便待事定以后，慢慢回来，称赞几句。好在男子再娶，又是天经地义，别讨女人，便都完事。因此世上遂有了“双烈合传”，“七姬墓志”，甚而至于钱谦益的集中，也布满了“赵节妇”“钱烈女”的传记和歌颂。

只有自己不顾别人的民情，又是女应守节男子却可多妻的社会，造出如此畸形道德，而且日见精密苛酷，本也毫不足怪。但主张的是男子，上当的是女子。女子本身，何以毫无异言呢？原来“妇者服也”，理应服事于人。教育固可不必，连开口也都犯法。他的精神，也同他体质一样，成了畸形。所以对于这畸形道德，实在无甚意见。

就令有了异议，也没有发表的机会。做几首“闺中望月”“园里看花”的诗，尚且怕男子骂他怀春，何况竟敢破坏这“天地间的正气”？只有说部书上，记载过几个女人，因为境遇上不愿守节，据做书的人说：可是他再嫁以后，便被前夫的鬼捉去，落了地狱；或者世人个个唾骂，做了乞丐，也竟求乞无门，终于惨苦不堪而死了！

如此情形，女子便非“服也”不可。然而男子一面，何以也不主张真理，只是一味敷衍呢？汉朝以后，言论的机关，都被“业儒”的垄断了。宋元以来，尤其利害。我们几乎看不见一部非业儒的书，听不到一句非士人的话。除了和尚道士，奉旨可以说话的以外，其余“异端”的声音，决不能出他卧房一步。况且世人大抵受了“儒者柔也”的影响；不述而作，最为犯忌。即使有人见到，也不肯用性命来换真理。即如失节一事，岂不知道必须男女两性，才能实现。他却专责女性；至于破人节操的男子，以及造成不烈的暴徒，便都含糊过去。男子究竟较女性难惹，惩罚也比表彰为难。其间虽有过几个男人，实觉于心不安，说些室女不应守志殉死的平和话，可是社会不听；再说下去，便要不容，与失节的女人一样看待。他便也只好变了“柔也”，不再开口了。所以节烈这事，到现在不生变革。

（此时，我应声明：现在鼓吹节烈派的里面，我颇有知道的人。敢说确有好人在内，居心也好。可是救世的方法是不对，要向西走了北了。但也不能因为他是好人，便竟能从正西直走到北。所以我又愿他回转身来。）

其次还有疑问：

节烈难么？答道，很难。男子都知道极难，所以要表彰他。社会的公意，向来以为贞淫与否，全在女性。男子虽然诱惑了女人，却不负责任。譬如甲男引诱乙女，乙女不允，便是贞节，死了，便是烈；甲男并无恶名，社会可算淳古。倘若乙女允了，便是失节；甲男也无恶名，可是世风被乙女败坏了！别的事情，也是如此。所以历史上亡国败家的原因，每每归咎女子。糊糊涂涂的代担全体的罪恶，已经三千多年了。男子既然不负责任，又不能自己反省，自然放心诱惑；文人著作，反将他传为美谈。所以女子身旁，几乎布满了危险。除却他自己的父兄丈夫以外，便都带点诱惑的鬼气。所以我说很难。

节烈苦么？答道，很苦。男子都知道很苦，所以要表彰他。凡人都想活；烈是必死，不必说了。节妇还要活着。精神上的惨苦，也姑且弗论。单是生活一层，已是大宗的痛楚。假使女子生计已能独立，社会也知道互助，一人还可勉强生存。不幸中国情形，却正相反。所以有钱尚可，贫人便只能饿死。直到饿死以后，间或得了旌表，还要写入志书。所以各府各县志书传记类的末尾，也总有几卷“烈女”。一行一人，或是一行两人，赵钱孙李，可是从来无人翻读。就是一生崇拜节烈的道德大家，若问他贵县志书里烈女门的前十名是谁？也怕不能说出。其实他是生前死后，竟与社会漠不相关的。所以我说很苦。

照这样说，不节烈便不苦么？答道，也很苦。社会公意，不节烈的女人，既然是下品；他在这社会里，是容不住的。社会上多数古人模模糊糊传下来的道理，实在无理可讲；能用历史和数目的力量，挤死不合意的人。这一类无主名无意识的杀人团里，古来不晓得死了多少人物；节烈的女子，也就死在这里。不过他死后间有一回表彰，写入志书。不节烈的人，便生前也要受随便什么人的唾骂，无主名的虐待。所以我说也很苦。

女子自己愿意节烈么？答道，不愿。人类总有一种理想，一种希望。虽然高下不同，必须有个意义。自他两利固好，至少也得有益本身。节烈很难很苦，既不利人，又不利己。说是本人愿意，实在不合人情。所以假如遇着少年女人，诚心祝赞他将来节烈，一定发怒；或者还要受他父兄丈夫的尊拳。然而仍旧牢不可破，便是被这历史和数目的力量挤着。可是无论何人，都怕这节烈。怕他竟钉到自己和亲骨肉的身上。所以我说不愿。

我依据以上的事实和理由，要断定节烈这事是：极难，极苦，不愿身受，然而不利自他，无益社会国家，于人生将来又毫无意义的行为，现在已经失了存在的生命和价值。

临了还有一层疑问：

节烈这事，现代既然失了存在的生命和价值；节烈的女人，岂非白苦一番么？可以答他说：还有哀悼的价值。他们是可怜人；不幸上了历史和数目的无意识的圈套，做了无主名的牺牲。可以开一个追悼大会。

我们追悼了过去的人，还要发愿：要自己和别人，都纯洁聪明勇猛向上。要除去虚伪的脸谱。要除去世上害己害人的昏迷和强暴。

我们追悼了过去的人，还要发愿：要除去于人生毫无意义的苦痛。要除去制造并赏玩别人苦痛的昏迷和强暴。

我们还要发愿：要人类都受正当的幸福。

写于一九一八年七月

发表于同年八月北京《新青年》月刊第五卷第二号

我们现在怎样做父亲

我作这一篇文的本意，其实是想研究怎样改革家庭；又因为中国亲权重，父权更重，所以尤想对于从来认为神圣不可侵犯的父子问题，发表一点意见。总而言之：只是革命要革到老子身上罢了。但何以大模大样，用了这九个字的题目呢？这有两个理由：

第一，中国的“圣人之徒”，最恨人动摇他的两样东西。一样不必说，也与我辈决不相干；一样便是他的伦常，我辈却不免偶然发几句议论，所以株连牵扯，很得了许多“铲伦常”“禽兽行”之类的恶名。他们以为父对于子，有绝对的权力和威严；若是老子说话，当然无所不可，儿子有话，却在未说之前早已错了。但祖父子孙，本来各各都只是生命的桥梁的一级，决不是固定不易的。现在的子，便是将来的父，也便是将来的祖。我知道我辈和读者，若不是现任之父，也一定是候补之父，而且也都有做祖宗的希望，所差只在一个时间。为想省却许多麻烦起见，我们便该无须客气，尽可先行占住了上风，摆出父亲的尊严，谈谈我们和我们子女的事；不但将来着手实行，可以减少困难，在中国也顺理成章，免得“圣人之徒”听了害怕，总算是一举两得之至的事了。所以说，“我们怎样做父亲。”

第二，对于家庭问题，我在《新青年》的《随感录》（二五，四十，四九）中，曾经略略说及，总括大意，便只是从我们起，解放了后来的人。论到解放子女，本是极平常的事，当然不必有什么讨论。但中国的老年，中了旧习惯旧思想的毒太深了，决定悟不过来。譬如早晨听到乌鸦叫，少年毫不介意，迷信的老人，却总须颓唐半天。虽然很可怜，然而也无法可救。没有法，便只能先从觉醒的人开手，各自解放了自己的孩子。自己背着因袭的重担，肩住了黑暗的闸门，放他们到宽阔光明的地方去；此后幸福的度日，合理的做人。

还有，我曾经说，自己并非创作者，便在上海报纸的《新教训》里，挨了一顿骂。但我辈评论事情，总须先评论了自己，不要冒充，才能像一篇说话，对得起自己和别人。我自己知道，不特并非创作者，并且也不是真理的发见者。凡有所说所写，只是就平日见闻的事理里面，取了一点心以为然的道理；至于终极究竟的事，却不能知。便是对于数年以后的学说的进步和变迁，也说不出会到如何地步，单相信比现在总该还有进步还有变迁罢了。所以说，“我们现在怎样做父亲。”

我现在心以为然的道理，极其简单。便是依据生物界的现象，一，要保存生命；二，要延续这生命；三，要发展这生命（就是进化）。生物都这样做，父亲也就是这样做。

生命的价值和生命价值的高下，现在可以不论。单照常识判断，便知道既是生物，第一要紧的自然是生命。因为生物之所以为生物，全在有这生命，否则失了生物的意义。生物为保存生命起见，具有种种本能，最显著的是食欲。因有食欲才摄取食品，因有食品才发生温热，保存了生命。但生物的个体，总免不了老衰和死亡，为继续生命起见，又有一种本能，便是性欲。因性欲才有性交，因有性交才发生苗裔，继续了生命。所以食欲是保存自己，保存现在生命的事；性欲是保存后裔，保存永久生命的事。饮食并非罪恶，并非不净；性交也就并非罪恶，并非不净。饮食的结果，养活了自己，对于自己没有恩；性交的结果，生出子女，对于子女当然也算不了恩。——前前后后，都向生命的长途走去，仅有先后的不同，分不出谁受谁的恩典。

可惜的是中国的旧见解，竟与这道理完全相反。夫妇是“人伦之中”，却说是“人伦之始”；性交是常事，却以为不净；生育也是常事，却以为天大的大功。人人对于婚姻，大抵先夹带着不净的思想。亲戚朋友有许多戏谑，自己也有许多羞涩，直到生了孩子，还是躲躲闪闪，怕敢声明；独有对于孩子，却威严十足。这种行径，简直可以说是和偷了钱发迹的财主，不相上下了。我并不是说，——如他们攻击者所意想的，——人类的性交也应如别种动物，随便举行；或如无耻流氓，专做些下流举动，自鸣得意。是说，此后觉醒的人，应该先洗净了东方固有的不净思想，再纯洁明白一些，了解夫妇是伴侣，是共同劳动者，又是新生命创造者的意义。所生的子女，固然是受领新生命的人，但他也不永久占领，将来还要交付子女，像他们的父母一般。只是前前后后，都做一个过付的经手人罢了。

生命何以必需继续呢？就是因为要发展，要进化。个体既然免不了死亡，进化又毫无止境，所以只能延续着，在这进化的路上走。走这路须有一种内的努力，有如单细胞动物有内的努力，积久才会繁复，无脊椎动物有内的努力，积久才会发生脊椎。所以后起的生命，总比以前的更有意义，更近完全，因此也更有价值，更可宝贵；前者的生命，应该牺牲于他。

但可惜的是中国的旧见解，又恰恰与这道理完全相反。本位应在幼者，却反在长者；置重应在将来，却反在过去。前者做了更前者的牺牲，自己无力生存，却苛责后者又来专做他的牺牲，毁灭了一切发展本身的能力。我也不是说，——如他们攻击者所意想的，——孙子理应终日痛打他的祖父，女儿必须时时咒骂他的亲娘。是说，此后觉醒的人，应该先洗净了东方古传的谬误思想，对于子女，义务思想须加多，而权利思想却大可切实核减，以准备改作幼者本位的道德。况且幼者受了权利，也并非永久占有，将来还要对于他

们的幼者，仍尽义务。只是前前后后，都做一切过付的经手人罢了。

“父子间没有什么恩”这一个断语，实是招致“圣人之徒”面红耳赤的一大原因。他们的误点，便在长者本位与利己思想，权利思想很重，义务思想和责任心却很轻。以为父子关系，只须“父兮生我”一件事，幼者的全部，便应为长者所有。尤其堕落的，是因此责望报偿，以为幼者的全部，理该做长者的牺牲。殊不知自然界的安排，却件件与这要求反对，我们从古以来，逆天行事，于是人的能力，十分萎缩，社会的进步，也就跟着停顿。我们虽不能说停顿便要灭亡，但较之进步，总是停顿与灭亡的路相近。

自然界的安排，虽不免也有缺点，但结合长幼的方法，却并无错误。他并不用“恩”，却给与生物以一种天性，我们称他为“爱”。动物界中除了生子数目太多——爱不周到的如鱼类之外，总是挚爱他的幼子，不但绝无利益心情，甚或至于牺牲了自己，让他的将来的生命，去上那发展的长途。

人类也不外此，欧美家庭，大抵以幼者弱者为本位，便是最合于这生物学的真理的办法。便在中国，只要心思纯白，未曾经过“圣人之徒”作践的人，也都自然而然的能发现这一种天性。例如一个村妇哺乳婴儿的时候，决不想到自己正在施恩；一个农夫娶妻的时候，也决不以为将要放债。只是有了子女，即天然相爱，愿他生存；更进一步的，便还要愿他比自己更好，就是进化。这离绝了交换关系利害关系的爱，便是人伦的索子，便是所谓“纲”。倘如旧说，抹煞了“爱”，一味说“恩”，又因此责望报偿，那便不但败坏了父子间的道德，而且也大反于做父母的实际的真情，播下乖剌的种子。有人做了乐府，说是“劝孝”，大意是什么“儿子上学堂，母亲在家磨杏仁，预备回来给他喝，你还不孝么”之类，自以为“拚命卫道”。殊不知富翁的杏酪和穷人的豆浆，在爱情上价值同等，而其价值却正在父母当时并无求报的心思；否则变成买卖行为，虽然喝了杏酪，也不异“人乳喂猪”，无非要猪肉肥美，在人伦道德上，丝毫没有价值了。

所以我现在心以为然的，便只是“爱”。

无论何国何人，大都承认“爱己”是一件应当的事。这便是保存生命的要义，也就是继续生命的根基。因为将来的运命，早在现在决定，故父母的缺点，便是子孙灭亡的伏线，生命的危机。易卜生做的《群鬼》（有潘家洵君译本，载在《新潮》一卷五号）虽然重在男女问题，但我们也可以看出遗传的可怕。欧士华本是要生活，能创作的人，因为父亲的不检，先天得了病毒，中途不能做人了。他又很爱母亲，不忍劳他服侍，便藏着吗啡，想待发作时候，由使女瑞琴帮他吃下，毒杀了自己；可是瑞琴走了。他于是只好托他母亲了。

欧　“母亲，现在应该你帮我的忙了。”

阿夫人　“我吗？”

欧　“谁能及得上你。”

阿夫人　“我！你的母亲！”

欧　“正为那个。”

阿夫人　“我，生你的人！”

欧　“我不曾教你生我。并且给我的是一种什么日子？我不要他！你拿回去罢！”

这一段描写，实在是我们做父亲的人应该震惊戒惧佩服的；决不能昧了良心，说儿子理应受罪。这种事情，中国也很多，只要在医院做事，便能时时看见先天梅毒性病儿的惨状；而且傲然的送来的，又大抵是他的父母。但可怕的遗传，并不只是梅毒；另外许多精神上体质上的缺点，也可以传之子孙，而且久而久之，连社会都蒙着影响。我们且不高谈人群，单为子女说，便可以说凡是不爱己的人，实在欠缺做父亲的资格。就令硬做了父亲，也不过如古代的草寇称王一般，万万算不了正统。将来学问发达，社会改造时，他们侥幸留下的苗裔，恐怕总不免要受善种学（Eugenics）者的处置。

倘若现在父母并没有将什么精神上体质上的缺点交给子女，又不遇意外的事，子女便当然健康，总算已经达到了继续生命的目的。但父母的责任还没有完，因为生命虽然继续了，却是停顿不得，所以还须教这新生命去发展。凡动物较高等的，对于幼雏，除了养育保护以外，往往还教他们生存上必需的本领。例如飞禽便教飞翔，鸷兽便教搏击。人类更高几等，便也有愿意子孙更进一层的天性。这也是爱，上文所说的是对于现在，这是对于将来。

只要思想未遭锢蔽的人，谁也喜欢子女比自己更强，更健康，更聪明高尚，——更幸福；就是超越了自己，超越了过去。超越便须改变，所以子孙对于祖先的事，应该改变，“三年无改于父之道可谓孝矣”，当然是曲说，是退婴的病根。假使古代的单细胞动物，也遵着这教训，那便永远不敢分裂繁复，世界上再也不会有人类了。

幸而这一类教训，虽然害过许多人，却还未能完全扫尽了一切人的天性。没有读过“圣贤书”的人，还能将这天性在名教的斧钺底下，时时流露，时时萌蘖；这便是中国人虽然凋落萎缩，却未灭绝的原因。

所以觉醒的人，此后应将这天性的爱，更加扩张，更加醇化；用无我的爱，自己牺牲于后起新人。开宗第一，便是理解。往昔的欧人对于孩子的误解，是以为成人的预备；中国人的误解，是以为缩小的成人。直到近来，经过许多学者的研究，才知道孩子的世界，与成人截然不同；倘不先行理解，一味蛮做，便大碍于孩子的发达。所以一切设施，都应该以孩子为本位，日本近来，觉悟的也很不少；对于儿童的设施，研究儿童的事业，都非常兴盛了。第二，便是指导。时势既有改变，生活也必须进化；所以后起的人物，一定尤异于前，决不能用同一模型，无理嵌定。长者须是指导者协商者，却不该是命令者。不但不该责幼者供奉自己；而且还须用全副精神，专为他们自己，养成他们有耐劳作的体力，纯洁高尚的道德，广博

自由能容纳新潮流的精神，也就是能在世界新潮流中游泳，不被淹没的力量。第三，便是解放。子女是即我非我的人，但既已分立，也便是人类中的人。因为即我，所以更应该尽教育的义务，交给他们自立的能力；因为非我，所以也应同时解放，全部为他们自己所有，成一个独立的人。

这样，便是父母对于子女，应该健全的产生，尽力的教育，完全的解放。

但有人会怕，仿佛父母从此以后，一无所有，无聊之极了。这种空虚的恐怖和无聊的感想，也即从谬误的旧思想发生；倘明白了生物学的真理，自然便会消灭。但要做解放子女的父母，也应预备一种能力。便是自己虽然已经带着过去的色采，却不失独立的本领和精神，有广博的趣味，高尚的娱乐。要幸福么？连你的将来的生命都幸福了。要“返老还童”，要“老复丁”么？子女便是“复丁”，都已独立而且更好了。这才是完了长者的任务，得了人生的慰安。倘若思想本领，样样照旧，专以“勃谿”为业，行辈自豪，那便自然免不了空虚无聊的苦痛。

或者又怕，解放之后，父子间要疏隔了。欧美的家庭，专制不及中国，早已大家知道；往者虽有人比之禽兽，现在却连“卫道”的圣徒，也曾替他们辩护，说并无“逆子叛弟”了。因此可知：惟其解放，所以相亲；惟其没有“拘挛”子弟的父兄，所以也没有反抗“拘挛”的“逆子叛弟”。若威逼利诱，便无论如何，决不能有

"万年有道之长"。例便如我中国，汉有举孝，唐有孝悌力田科，清末也还有孝廉方正，都能换到官做。父恩谕之于先，皇恩施之于后，然而割股的人物，究属寥寥。足可证明中国的旧学说旧手段，实在从古以来，并无良效，无非使坏人增长些虚伪，好人无端的多受些人我都无利益的苦痛罢了。

独有"爱"是真的。路粹引孔融说，"父之于子，当有何亲？论其本意，实为情欲发耳。子之于母，亦复奚为，譬如寄物瓶中，出则离矣。"（汉末的孔府上，很出过几个有特色的奇人，不像现在这般冷落，这话也许确是北海先生所说；只是攻击他的偏是路粹和曹操，教人发笑罢了。）虽然也是一种对于旧说的打击，但实于事理不合。因为父母生了子女，同时又有天性的爱，这爱又很深广很长久，不会即离。现在世界没有大同，相爱还有差等，子女对于父母，也便最爱，最关切，不会即离。所以疏隔一层，不劳多虑。至于一种例外的人，或者非爱所能钩连。但若爱力尚且不能钩连，那便任凭什么"恩威，名分，天经，地义"之类，更是钩连不住。

或者又怕，解放之后，长者要吃苦了。这事可分两层：第一，中国的社会，虽说"道德好"，实际却太缺乏相爱相助的心思。便是"孝""烈"这类道德，也都是旁人毫不负责，一味收拾幼者弱者的方法。在这样社会中，不独老者难于生活，即解放的幼者，也难于生活。第二，中国的男女，大抵未老先衰，甚至不到二十岁，早已老态可掬，待到真实衰老，便更须别人扶持。所以我说，解放

子女的父母，应该先有一番预备；而对于如此社会，尤应该改造，使他能适于合理的生活。许多人预备着，改造着，久而久之，自然可望实现了。单就别国的往时而言，斯宾塞未曾结婚，不闻他侘傺无聊；瓦特早没有了子女，也居然“寿终正寝”，何况在将来，更何况有儿女的人呢？

或者又怕，解放之后，子女要吃苦了。这事也有两层，全如上文所说，不过一是因为老而无能，一是因为少不更事罢了。因此觉醒的人，愈觉有改造社会的任务。中国相传的成法，谬误很多：一种是锢闭，以为可以与社会隔离，不受影响。一种是教给他恶本领，以为如此才能在社会中生活。用这类方法的长者，虽然也含有继续生命的好意，但比照事理，却决定谬误。此外还有一种，是传授些周旋方法，教他们顺应社会。这与数年前讲“实用主义”的人，因为市上有假洋钱，便要在学校里遍教学生看洋钱的法子之类，同一错误。社会虽然不能不偶然顺应，但决不是正当办法。因为社会不良，恶现象便很多，势不能一一顺应；倘都顺应了，又违反了合理的生活，倒走了进化的路。所以根本方法，只有改良社会。

就实际上说，中国旧理想的家族关系父子关系之类，其实早已崩溃。这也非“于今为烈”，正是“在昔已然”。历来都竭力表彰“五世同堂”，便足见实际上同居的为难；拚命的劝孝，也足见事实上孝子的缺少。而其原因，便全在一意提倡虚伪道德，蔑视了真的人情。我们试一翻大族的家谱，便知道始迁祖宗，大抵是单身迁居，成家立业；一到聚族而居，家谱出版，却已在零落的中途了。况在将来，迷信破了，便没有哭竹，卧冰；医学发达了，也不必尝秽，割股。又因为经济关系，结婚不得不迟，生育因此也迟，或者子女才能自存，父母已经衰老，不及依赖他们供养，事实上也就是父母反尽了义务。世界潮流逼拶着，这样做的可以生存，不然的便都衰落；无非觉醒者多，加些人力，便危机可望较少就是了。

但既如上言，中国家庭，实际久已崩溃，并不如“圣人之徒”纸上的空谈，则何以至今依然如故，一无进步呢？这事很容易解答。第一，崩溃者自崩溃，纠缠者自纠缠，设立者又自设立；毫无戒心，也不想到改革，所以如故。第二，以前的家庭中间，本来常有勃谿，到了新名词流行之后，便都改称“革命”，然而其实也仍是讨嫖钱至于相骂，要赌本至于相打之类，与觉醒者的改革，截然两途。这一类自称“革命”的勃谿子弟，纯属旧式，待到自己有了子女，也决不解放；或者毫不管理，或者反要寻出《孝经》，勒令诵读，想他们“学于古训”，都做牺牲。这只能全归旧道德旧习惯旧方法负责，生物学的真理决不能妄任其咎。

既如上言，生物为要进化，应该继续生命，那便“不孝有三无后为大”，三妻四妾，也极合理了。这事也很容易解答。人类因为无后，绝了将来的生命，虽然不幸，但若用不正当的方法手段，苟延生命而害及人群，便该比一人无后，尤其“不孝”。因为现在的社会，一夫一妻制最为合理，而多妻主义，实能使人群堕落。堕落

近于退化，与继续生命的目的，恰恰完全相反。无后只是灭绝了自己，退化状态的有后，便会毁到他人。人类总有些为他人牺牲自己的精神，而况生物自发生以来，交互关联，一人的血统，大抵总与他人有多少关系，不会完全灭绝。所以生物学的真理，决非多妻主义的护符。

总而言之，觉醒的父母，完全应该是义务的，利他的，牺牲的，很不易做；而在中国尤不易做。中国觉醒的人，为想随顺长者解放幼者，便须一面清结旧账，一面开辟新路。就是开首所说的“自己背着因袭的重担，肩住了黑暗的闸门，放他们到宽阔光明的地方去；此后幸福的度日，合理的做人。”这是一件极伟大的要紧的事，也是一件极困苦艰难的事。

但世间又有一类长者，不但不肯解放子女，并且不准子女解放他们自己的子女；就是并要孙子曾孙都做无谓的牺牲。这也是一个问题；而我是愿意平和的人，所以对于这问题，现在不能解答。

写于一九一九年十月

发表于同年十一月《新青年》月刊第六卷第六号

世故三昧

人世间真是难处的地方，说一个人“不通世故”，固然不是好话，但说他“深于世故”也不是好话。“世故”似乎也像“革命之不可不革，而亦不可太革”一样，不可不通，而亦不可太通的。

然而据我的经验，得到“深于世故”的恶谥者，却还是因为“不通世故”的缘故。

现在我假设以这样的话，来劝导青年人——

“如果你遇见社会上有不平事，万不可挺身而出，讲公道话，否则，事情倒会移到你头上来，甚至于会被指作反动分子的。如果你遇见有人被冤枉，被诬陷的，即使明知道他是好人，也万不可挺身而出，去给他解释或分辩，否则，你就会被人说是他的亲戚，或得了他的贿赂；倘使那是女人，就要被疑为她的情人的；如果他较有名，那便是党羽。例如我自己罢，给一个毫不相干的女士做了一篇信札集的序，人们就说她是我的小姨；绍介一点科学的文艺理论，

人们就说得了苏联的卢布。亲戚和金钱，在目下的中国，关系也真是大，事实给与了教训，人们看惯了，以为人人都脱不了这关系，原也无足深怪的。

“然而，有些人其实也并不真相信，只是说着玩玩，有趣有趣的。即使有人为了谣言，弄得凌迟碎剐，像明末的郑鄤那样了，和自己也并不相干，总不如有趣的紧要。这时你如果去辨正，那就是使大家扫兴，结果还是你自己倒楣。我也有一个经验。那是十多年前，我在教育部里做“官僚”，常听得同事说，某女学校的学生，是可以叫出来嫖的，连机关的地址门牌，也说得明明白白。有一回我偶然走过这条街，一个人对于坏事情，是记性好一点的，我记起来了，便留心着那门牌，但这一号，却是一块小空地，有一口大井，一间很破烂的小屋，是几个山东人住着卖水的地方，决计做不了别用。待到他们又在谈着这事的时候，我便说出我的所见来，而不料大家竟笑容尽敛，不欢而散了，此后不和我谈天者两三月。我事后才悟到打断了他们的兴致，是不应该的。

“所以，你最好是莫问是非曲直，一味附和着大家；但更好是不开口；而在更好之上的是连脸上也不显出心里的是非的模样来……”

这是处世法的精义，只要黄河不流到脚下，炸弹不落在身边，可以保管一世没有挫折的。但我恐怕青年人未必以我的话为然；便是中年，老年人，也许要以为我是在教坏了他们的子弟。呜呼，那么，一片苦心，竟是白费了。

然而倘说中国现在正如唐虞盛世，却又未免是“世故”之谈。耳闻目睹的不算，单是看看报章，也就可以知道社会上有多少不平，人们有多少冤抑。但对于这些事，除了有时或有同业，同乡，同族的人们来说几句呼吁的话之外，利害无关的人的义愤的声音，我们是很少听到的。这很分明，是大家不开口；或者以为和自己不相干；或者连“以为和自己不相干”的意思也全没有。“世故”深到不自觉其“深于世故”，这才真是“深于世故”的了。这是中国处世法的精义中的精义。

而且，对于看了我的劝导青年人的话，心以为非的人物，我还有一下反攻在这里。他是以我为狡猾的。但是，我的话里，一面固然显示着我的狡猾，而且无能，但一面也显示着社会的黑暗。他单责个人，正是最稳妥的办法，倘使兼责社会，可就得站出去战斗了。责人的“深于世故”而避开了“世”不谈，这是更“深于世故”的玩艺，倘若自己不觉得，那就更深更深了，离三昧境盖不远矣。

不过凡事一说，即落言筌，不再能得三昧。说“世故三昧”者，即非“世故三昧”。三昧真谛，在行而不言；我现在一说“行而不言”，却又失了真谛，离三昧境盖益远矣。

一切善知识，心知其意可也，唵！

写于一九三三年十月十三日

发表于同年十一月十五日《申报月刊》第二卷第十一号

聪明人和傻子和奴才

奴才总不过是寻人诉苦。只要这样，也只能这样。有一日，他遇到一个聪明人。

“先生！”他悲哀地说，眼泪联成一线，就从眼角上直流下来。“你知道的。我所过的简直不是人的生活。吃的是一天未必有一餐，这一餐又不过是高粱皮，连猪狗都不要吃的，尚且只有一小碗……。”

“这实在令人同情。”聪明人也惨然说。

“可不是么！”他高兴了。“可是做工是昼夜无休息的：清早担水晚烧饭，上午跑街夜磨面，晴洗衣裳雨张伞，冬烧汽炉夏打扇。半夜要煨银耳，侍候主人耍钱；头钱从来没分，有时还挨皮鞭……”

“唉唉……。”聪明人叹息着，眼圈有些发红，似乎要下泪。

“先生！我这样是敷衍不下去的。我总得另外想法子。可是什么法子呢？……”

“我想，你总会好起来……。”

“是么？但愿如此，可是我对先生诉了冤苦，又得你的同情和慰安，已经舒坦得不少了。可见天理没有灭绝……。”

但是，不几日，他又不平起来了，仍然寻人去诉苦。

“先生！”他流着眼泪说，“你知道的。我住的简直比猪窠还不如。主人并不将我当人；他对他的叭儿狗还要好到几万倍……。”

“混帐！”那人大叫起来，使他吃惊了。那人是一个傻子。

“先生，我住的只是一间破小屋，又湿，又阴，满是臭虫，睡下去就咬得真可以。秽气冲着鼻子，四面又没有一个窗……。”

“你不会要你的主人开一个窗的么？”

“这怎么行？……”

“那么，你带我去看去！”

傻子跟奴才到他屋外，动手就砸那泥墙。

“先生！你干什么？”他大惊地说。

“我给你打开一个窗洞来。”

“这不行！主人要骂的！”

“管他呢！”他仍然砸。

“人来呀！强盗在毁咱们的屋子了！快来呀！迟一点可要打出窟窿来了！……”他哭嚷着，在地上团团地打滚。

一群奴才都出来了，将傻子赶走。

听到了喊声，慢慢地最后出来的是主人。

“有强盗要来毁咱们的屋子，我首先叫喊起来，大家一同把他

赶走了。”他恭敬而得胜地说。

“你不错。”主人这样夸奖他。

这一天就来了许多慰问的人，聪明人也在内。

“先生。这回因为我有功，主人夸奖了我了。你先前说我总会好起来，实在是有先见之明……。”他大有希望似的高兴地说。

“可不是么……。”聪明人也代为高兴似的回答他。

写于一九二五年十二月二十六日

发表于一九二六年一月四日《语丝》周刊第六十期

难得糊涂

子　明

因为有人谈起写篆字，我倒记起郑板桥有一块图章，刻着“难得糊涂”。那四个篆字刻得叉手叉脚的，颇能表现一点名士的牢骚气。足见刻图章写篆字也还反映着一定的风格，正像“玩”木刻之类，未必“只是个人的事情”：“谬种”和“妖孽”就是写起篆字来，也带着些“妖谬”的。

然而风格和情绪，倾向之类，不但因人而异，而且因事而异，因时而异。郑板桥说“难得糊涂”，其实他还能够糊涂的。现在，到了“求仕不获无足悲，求隐而不得其地以窜者，毋亦天下之至哀欤”的时代，却实在求糊涂而不可得了。

糊涂主义，唯无是非观等等——本来是中国的高尚道德。你说他是解脱，达观罢，也未必。他其实在固执着，坚持着什么，例如道德上的正统，文学上的正宗之类。这终于说出来了：——道德要孔孟加上“佛家报应之说”（老庄另帐登记），而说别人“鄙薄”

佛教影响就是“想为儒家争正统”，原来同善社的三教同源论早已是正统了。文学呢？要用生涩字，用词藻，秾纤的作品，而且是新文学的作品，虽则他“否认新文学和旧文学的分界”；而大众文学“固然赞成”，“但那是文学中的一个旁支”。正统和正宗，是明显的。

对于人生的倦怠并不糊涂！活的生活已经那么“穷乏”，要请青年在“佛家报应之说”，在“《文选》，《庄子》，《论语》，《孟子》”里去求得修养。后来，修养又不见了，只剩得字汇。“自然景物，个人情感，宫室建筑，……之类，还不妨从《文选》之类的书中去找来用。”从前严几道从甚么古书里——大概也是《庄子》罢——找着了“幺匿”两个字来译 Unit，又古雅，又音义双关的。但是后来通行的却是“单位”。严老先生的这类“字汇”很多，大抵无法复活转来。现在却有人以为“汉以后的词，秦以前的字，西方文化所带来的字和词，可以拼成功我们的光芒的新文学”。这光芒要是只在字和词，那大概像古墓里的贵妇人似的，满身都是珠光宝气了。人生却不在拼凑，而在创造，几千百万的活人在创造。可恨的是人生那么骚扰忙乱，使一些人“不得其地以窜”，想要逃进字和词里去，以求“庶免是非”，然而又不可得。真要写篆字刻图章了！

写于一九三三年十一月六日

发表于同年十一月二十四日《申报·自由谈》

论雷峰塔的倒掉

听说，杭州西湖上的雷峰塔倒掉了，听说而已，我没有亲见。但我却见过未倒的雷峰塔，破破烂烂的映掩于湖光山色之间，落山的太阳照着这些四近的地方，就是“雷峰夕照”，西湖十景之一。“雷峰夕照”的真景我也见过，并不见佳，我以为。

然而一切西湖胜迹的名目之中，我知道得最早的却是这雷峰塔。我的祖母曾经常常对我说，白蛇娘娘就被压在这塔底下。有个叫作许仙的人救了两条蛇，一青一白，后来白蛇便化作女人来报恩，嫁给许仙了；青蛇化作丫鬟，也跟着。一个和尚，法海禅师，得道的禅师，看见许仙脸上有妖气，——凡讨妖怪做老婆的人，脸上就有妖气的，但只有非凡的人才看得出，——便将他藏在金山寺的法座后，白蛇娘娘来寻夫，于是就“水满金山”。我的祖母讲起来还要有趣得多，大约是出于一部弹词叫作《义妖传》里的，但我没有看过这部书，所以也不知道“许仙”“法海”究竟是否这样写。总而

言之，白蛇娘娘终于中了法海的计策，被装在一个小小的钵盂里了。钵盂埋在地里，上面还造起一座镇压的塔来，这就是雷峰塔。此后似乎事情还很多，如“白状元祭塔”之类，但我现在都忘记了。

那时我惟一的希望，就在这雷峰塔的倒掉。后来我长大了，到杭州，看见这破破烂烂的塔，心里就不舒服。后来我看看书，说杭州人又叫这塔作保叔塔，其实应该写作“保俶塔”，是钱王的儿子造的。那么，里面当然没有白蛇娘娘了，然而我心里仍然不舒服，仍然希望他倒掉。

现在，他居然倒掉了，则普天之下的人民，其欣喜为何如?

这是有事实可证的。试到吴越的山间海滨，探听民意去。凡有田夫野老，蚕妇村氓，除了几个脑髓里有点贵恙的之外，可有谁不为白娘娘抱不平，不怪法海太多事的?

和尚本应该只管自己念经。白蛇自迷许仙，许仙自娶妖怪，和别人有什么相干呢？他偏要放下经卷，横来招是搬非，大约是怀着嫉妒罢，——那简直是一定的。

听说，后来玉皇大帝也就怪法海多事，以至荼毒生灵，想要拿办他了。他逃来逃去，终于逃在蟹壳里避祸，不敢再出来，到现在还如此。我对于玉皇大帝所做的事，腹诽的非常多，独于这一件却很满意，因为“水满金山”一案，的确应该由法海负责；他实在办得很不错的。只可惜我那时没有打听这话的出处，或者不在《义妖传》中，却是民间的传说罢。

秋高稻熟时节，吴越间所多的是螃蟹，煮到通红之后，无论取那一只，揭开背壳来，里面就有黄，有膏；倘是雌的，就有石榴子一般鲜红的子。先将这些吃完，即一定露出一个圆锥形的薄膜，再用小刀小心地沿着锥底切下，取出，翻转，使里面向外，只要不破，便变成一个罗汉模样的东西，有头脸，身子，是坐着的，我们那里的小孩子都称他“蟹和尚”，就是躲在里面避难的法海。

当初，白蛇娘娘压在塔底下，法海禅师躲在蟹壳里。现在却只有这位老禅师独自静坐了，非到螃蟹断种的那一天为止出不来。莫非他造塔的时候，竟没有想到塔是终究要倒的么？

活该。

写于一九二四年十月二十八日

发表于同年十一月十七日北京《语丝》周刊第一期

立　论

我梦见自己正在小学校的讲堂上预备作文，向老师请教立论的方法。

“难！”老师从眼镜圈外斜射出眼光来，看着我，说。“我告诉你一件事——

“一家人家生了一个男孩，合家高兴透顶了。满月的时候，抱出来给客人看，——大概自然是想得一点好兆头。

“一个说：‘这孩子将来要发财的。’他于是得到一番感谢。

“一个说：‘这孩子将来要做官的。’他于是收回几句恭维。

“一个说：‘这孩子将来是要死的。’他于是得到一顿大家合力的痛打。

“说要死的必然，说富贵的许谎。但说谎的得好报，说必然的遭打。你……”

“我愿意既不谎人，也不遭打。那么，老师，我得怎么说呢？”

“那么，你得说：‘啊呀！这孩子呵！您瞧！多么……。阿唷！哈哈！ Hehe！ he，hehehehe！’”

写于一九二五年七月八日

发表于同年七月十三日《语丝》周刊第三十五期

论睁了眼看

虚生先生所做的时事短评中，曾有一个这样的题目：《我们应该有正眼看各方面的勇气》(《猛进》十九期)。诚然，必须敢于正视，这才可望敢想，敢说，敢作，敢当。倘使并正视而不敢，此外还能成什么气候。然而，不幸这一种勇气，是我们中国人最所缺乏的。

但现在我所想到的是别一方面——

中国的文人，对于人生，——至少是对于社会现象，向来就多没有正视的勇气。我们的圣贤，本来早已教人“非礼勿视”的了；而这“礼”又非常之严，不但“正视”，连“平视”“斜视”也不许。现在青年的精神未可知，在体质，却大半还是弯腰曲背，低眉顺眼，表示着老牌的老成的子弟，驯良的百姓，——至于说对外却有大力量，乃是近一月来的新说，还不知道究竟是如何。

再回到“正视”问题去：先既不敢，后便不能，再后，就自然不视，不见了。一辆汽车坏了，停在马路上，一群人围着呆看，所得的结果是一团乌油油的东西。然而由本身的矛盾或社会的缺陷所生的苦痛，虽不正视，却要身受的。文人究竟是敏感人物，从他们的作品上看来，有些人确也早已感到不满，可是一到快要显露缺陷的危机一发之际，他们总即刻连说"并无其事"，同时便闭上了眼睛。这闭着的眼睛便看见一切圆满，当前的苦痛不过是"天之将降大任于是人也，必先苦其心志，劳其筋骨，饿其体肤，空乏其身，行拂乱其所为。"于是无问题，无缺陷，无不平，也就无解决，无改革，无反抗。因为凡事总要"团圆"，正无须我们焦躁；放心喝茶，睡觉大吉。再说费话，就有"不合时宜"之咎，免不了要受大学教授的纠正了。呸！

我并未实验过，但有时候想：倘将一位久蛰洞房的老太爷抛在夏天正午的烈日底下，或将不出闺门的千金小姐拖到旷野的黑夜里，大概只好闭了眼睛，暂续他们残存的旧梦，总算并没有遇到暗或光，虽然已经是绝不相同的现实。中国的文人也一样，万事闭眼睛，聊以自欺，而且欺人，那方法是：瞒和骗。

中国婚姻方法的缺陷，才子佳人小说作家早就感到了，他于是使一个才子在壁上题诗，一个佳人便来和，由倾慕——现在就得称恋爱——而至于有"终身之约"。但约定之后，也就有了难关。我们都知道，"私订终身"在诗和戏曲或小说上尚不失为美谈（自然只以与终于中状元的男人私订为限），实际却不容于天下的，仍然免不了要离异。明末的作家便闭上眼睛，并这一层也加以补救了，

说是：才子及第，奉旨成婚。“父母之命媒妁之言”经这大帽子来一压，便成了半个铅钱也不值，问题也一点没有了。假使有之，也只在才子的能否中状元，而决不在婚姻制度的良否。

（近来有人以为新诗人的做诗发表，是在出风头，引异性；且迁怒于报章杂志之滥登。殊不知即使无报，墙壁实“古已有之”，早做过发表机关了；据《封神演义》，纣王已曾在女娲庙壁上题诗，那起源实在非常之早。报章可以不取白话，或排斥小诗，墙壁却拆不完，管不及的；倘一律刷成黑色，也还有破磁可划，粉笔可书，真是穷于应付。做诗不刻木板，去藏之名山，却要随时发表，虽然很有流弊，但大概是难以杜绝的罢。）

《红楼梦》中的小悲剧，是社会上常有的事，作者又是比较的敢于实写的，而那结果也并不坏。无论贾氏家业再振，兰桂齐芳，即宝玉自己，也成了个披大红猩猩毡斗篷的和尚。和尚多矣，但披这样阔斗篷的能有几个，已经是“入圣超凡”无疑了。至于别的人们，则早在册子里一一注定，末路不过是一个归结：是问题的结束，不是问题的开头。读者即小有不安，也终于奈何不得。然而后来或续或改，非借尸还魂，即冥中另配，必令“生旦当场团圆”，才肯放手者，乃是自欺欺人的瘾太大，所以看了小小骗局，还不甘心，定须闭眼胡说一通而后快。赫克尔（E.Haeckel）说过：人和人之差，有时比类人猿和原人之差还远。我们将《红楼梦》的续作者和原作者一比较，就会承认这话大概是确实的。

这才是我说的

我周树人从来不骂人

“作善降祥”的古训，六朝人本已有些怀疑了，他们作墓志，竟会说“积善不报，终自欺人”的话。但后来的昏人，却又瞒起来。元刘信将三岁痴儿抛入醮纸火盆，妄希福祐，是见于《元典章》的；剧本《小张屠焚儿救母》却道是为母延命，命得延，儿亦不死了。一女愿侍痼疾之夫，《醒世恒言》中还说终于一同自杀的；后来改作的却道是有蛇坠入药罐里，丈夫服后便全愈了。凡有缺陷，一经作者粉饰，后半便大抵改观，使读者落诬妄中，以为世间委实尽够光明，谁有不幸，便是自作，自受。

有时遇到彰明的史实，瞒不下，如关羽岳飞的被杀，便只好别设骗局了。一是前世已造夙因，如岳飞；一是死后使他成神，如关羽。定命不可逃，成神的善报更满人意，所以杀人者不足责，被杀者也不足悲，冥冥中自有安排，使他们各得其所，正不必别人来费力了。

中国人的不敢正视各方面，用瞒和骗，造出奇妙的逃路来，而自以为正路。在这路上，就证明着国民性的怯弱，懒惰，而又巧滑。一天一天的满足着，即一天一天的堕落着，但却又觉得日见其光荣。在事实上，亡国一次，即添加几个殉难的忠臣，后来每不想光复旧物，而只去赞美那几个忠臣；遭劫一次，即造成一群不辱的烈女，事过之后，也每每不思惩凶，自卫，却只顾歌咏那一群烈女。仿佛亡国遭劫的事，反而给中国人发挥“两间正气”的机会，增高价值，即在此一举，应该一任其至，不足忧悲似的。自然，此上也无可为，因为我们已经借死人获得最上的光荣了。沪汉烈士的追悼会中，活

的人们在一块很可景仰的高大的木主下互相打骂，也就是和我们的先辈走着同一的路。

文艺是国民精神所发的火光，同时也是引导国民精神的前途的灯火。这是互为因果的，正如麻油从芝麻榨出，但以浸芝麻，就使它更油。倘以油为上，就不必说；否则，当参入别的东西，或水或硷去。中国人向来因为不敢正视人生，只好瞒和骗，由此也生出瞒和骗的文艺来，由这文艺，更令中国人更深地陷入瞒和骗的大泽中，甚而至于已经自己不觉得。世界日日改变，我们的作家取下假面，真诚地，深入地，大胆地看取人生并且写出他的血和肉来的时候早到了；早就应该有一片崭新的文场，早就应该有几个凶猛的闯将！

现在，气象似乎一变，到处听不见歌吟花月的声音了，代之而起的是铁和血的赞颂。然而倘以欺瞒的心，用欺瞒的嘴，则无论说A和O，或Y和Z，一样是虚假的；只可以吓哑了先前鄙薄花月的所谓批评家的嘴，满足地以为中国就要中兴。可怜他在“爱国”的大帽子底下又闭上了眼睛了——或者本来就闭着。

没有冲破一切传统思想和手法的闯将，中国是不会有真的新文艺的。

写于一九二五年七月二十二日

发表于同年八月三日《语丝》周刊第三十八期

我没有做小说的才能

我怎么做起小说来

我怎么做起小说来？——这来由，已经在《呐喊》的序文上，约略说过了。这里还应该补叙一点的，是当我留心文学的时候，情形和现在很不同：在中国，小说不算文学，做小说的也决不能称为文学家，所以并没有人想在这一条道路上出世。我也并没有要将小说抬进“文苑”里的意思，不过想利用他的力量，来改良社会。

但也不是自己想创作，注重的倒是在绍介，在翻译，而尤其注重于短篇，特别是被压迫的民族中的作者的作品。因为那时正盛行着排满论，有些青年，都引那叫喊和反抗的作者为同调的。所以“小说作法”之类，我一部都没有看过，看短篇小说却不少，小半是自己也爱看，大半则因了搜寻绍介的材料。也看文学史和批评，这是因为想知道作者的为人和思想，以便决定应否绍介给中国。和学问之类，是绝不相干的。

因为所求的作品是叫喊和反抗，势必至于倾向了东欧，因此所

看的俄国，波兰以及巴尔干诸小国作家的东西就特别多。也曾热心的搜求印度，埃及的作品，但是得不到。记得当时最爱看的作者，是俄国的果戈理（N.Gogol）和波兰的显克微支（H.Sienkiewitz）。日本的，是夏目漱石和森鸥外。

回国以后，就办学校，再没有看小说的工夫了，这样的有五六年。为什么又开手了呢？——这也已经写在《呐喊》的序文里，不必说了。但我的来做小说，也并非自以为有做小说的才能，只因为那时是住在北京的会馆里的，要做论文罢，没有参考书，要翻译罢，没有底本，就只好做一点小说模样的东西塞责，这就是《狂人日记》。大约所仰仗的全在先前看过的百来篇外国作品和一点医学上的知识，此外的准备，一点也没有。

但是《新青年》的编辑者，却一回一回的来催，催几回，我就做一篇，这里我必得记念陈独秀先生，他是催促我做小说最着力的一个。

自然，做起小说来，总不免自己有些主见的。例如，说到"为什么"做小说罢，我仍抱着十多年前的"启蒙主义"，以为必须是"为人生"，而且要改良这人生。我深恶先前的称小说为"闲书"，而且将"为艺术的艺术"，看作不过是"消闲"的新式的别号。所以我的取材，多采自病态社会的不幸的人们中，意思是在揭出病苦，引起疗救的注意。所以我力避行文的唠叨，只要觉得够将意思传给别人了，就宁可什么陪衬拖带也没有。中国旧戏上，没有背景，新年卖给孩子看的花纸上，只有主要的几个人（但现在的花纸却多有背景了），我深信对于我的目的，这方法是适宜的，所以我不去描写风月，对话也决不说到一大篇。

我做完之后，总要看两遍，自己觉得拗口的，就增删几个字，一定要它读得顺口；没有相宜的白话，宁可引古语，希望总有人会懂，只有自己懂得或连自己也不懂的生造出来的字句，是不大用的。这一节，许多批评家之中，只有一个人看出来了，但他称我为Stylist。

所写的事迹，大抵有一点见过或听到过的缘由，但决不全用这事实，只是采取一端，加以改造，或生发开去，到足以几乎完全发表我的意思为止。人物的模特儿也一样，没有专用过一个人，往往嘴在浙江，脸在北京，衣服在山西，是一个拼凑起来的脚色。有人说，我的那一篇是骂谁，某一篇又是骂谁，那是完全胡说的。

不过这样的写法，有一种困难，就是令人难以放下笔。一气写下去，这人物就逐渐活动起来，尽了他的任务。但倘有什么分心的事情来一打岔，放下许久之后再来写，性格也许就变了样，情景也会和先前所豫想的不同起来。例如我做的《不周山》，原意是在描写性的发动和创造，以至衰亡的，而中途去看报章，见了一位道学的批评家攻击情诗的文章，心里很不以为然，于是小说里就有一个小人物跑到女娲的两腿之间来，不但不必有，且将结构的宏大毁坏了。但这些处所，除了自己，大概没有人会觉到的，我们的批评大

家成仿吾先生，还说这一篇做得最出色。

我想，如果专用一个人做骨干，就可以没有这弊病的，但自己没有试验过。

忘记是谁说的了，总之是，要极省俭的画出一个人的特点，最好是画他的眼睛。我以为这话是极对的，倘若画了全副的头发，即使细得逼真，也毫无意思。我常在学学这一种方法，可惜学不好。

可省的处所，我决不硬添，做不出的时候，我也决不硬做，但这是因为我那时别有收入，不靠卖文为活的缘故，不能作为通例的。

还有一层，是我每当写作，一律抹杀各种的批评。因为那时中国的创作界固然幼稚，批评界更幼稚，不是举之上天，就是按之入地，倘将这些放在眼里，就要自命不凡，或觉得非自杀不足以谢天下的。批评必须坏处说坏，好处说好，才于作者有益。

但我常看外国的批评文章，因为他于我没有恩怨嫉恨，虽然所评的是别人的作品，却很有可以借镜之处。但自然，我也同时一定留心这批评家的派别。

以上，是十年前的事了，此后并无所作，也没有长进，编辑先生要我做一点这类的文章，怎么能呢。拉杂写来，不过如此而已。

写于一九三三年三月五日

印入同年六月上海天马书店出版的《创作的经验》一书

这才是我说的

我没有做小说的才能

随便翻翻

我想讲一点我的当作消闲的读书——随便翻翻。但如果弄得不好，会受害也说不定的。

我最初去读书的地方是私塾，第一本读的是《鉴略》，桌上除了这一本书和习字的描红格，对字（这是做诗的准备）的课本之外，不许有别的书。但后来竟也慢慢的认识字了，一认识字，对于书就发生了兴趣，家里原有两三箱破烂书，于是翻来翻去，大目的是找图画看，后来也看看文字。这样就成了习惯，书在手头，不管它是什么，总要拿来翻一下，或者看一遍序目，或者读几叶内容，到得现在，还是如此，不用心，不费力，往往在作文或看非看不可的书籍之后，觉得疲劳的时候，也拿这玩意来作消遣了，而且它也的确能够恢复疲劳。

倘要骗人，这方法很可以冒充博雅。现在有一些老实人，和我闲谈之后，常说我书是看得很多的，略谈一下，我也的确好像书看得很多，殊不知就为了常常随手翻翻的缘故，却并没有本本细看。

还有一种很容易到手的秘本，是《四库书目提要》，倘还怕繁，那么，《简明目录》也可以，这可要细看，它能做成你好像看过许多书。不过我也曾用过正经工夫，如什么“国学”之类，请过先生指教，留心过学者所开的参考书目。结果都不满意。有些书目开得太多，要十来年才能看完，我还疑心他自己就没有看；只开几部的较好，可是这须看这位开书目的先生了，如果他是一位胡涂虫，那么，开出来的几部一定也是极顶胡涂书，不看还好，一看就胡涂。

我并不是说，天下没有指导后学看书的先生，有是有的，不过很难得。

这里只说我消闲的看书——有些正经人是反对的，以为这么一来，就“杂”！“杂”，现在又算是很坏的形容词。但我以为也有好处。譬如我们看一家的陈年账簿，每天写着“豆付三文，青菜十文，鱼五十文，酱油一文”，就知先前这几个钱就可买一天的小菜，吃够一家；看一本旧历本，写着“不宜出行，不宜沐浴，不宜上梁”，就知道先前是有这么多的禁忌。看见了宋人笔记里的“食菜事魔”，明人笔记里的“十彪五虎”，就知道“哦呵，原来‘古已有之’。”但看完一部书，都是些那时的名人轶事，某将军每餐要吃三十八碗饭，某先生体重一百七十五斤半；或是奇闻怪事，某村雷劈蜈蚣精，某妇产生人面蛇，毫无益处的也有。这时可得自己有主意了，知道这是帮闲文士所做的书。凡帮闲，他能令人消闲消得最坏，他用的是最坏的方法。倘不小心，被他诱过去，那就坠入陷阱，后来满脑子是某将军的饭量，某先生的体重，蜈蚣精和人面蛇了。

讲扶乩的书，讲婊子的书，倘有机会遇见，不要皱起眉头，显示憎厌之状，也可以翻一翻；明知道和自己意见相反的书，已经过时的书，也用一样的办法。例如杨光先的《不得已》是清初的著作，但看起来，他的思想是活着的，现在意见和他相近的人们正多得很。这也有一点危险，也就是怕被它诱过去。治法是多翻，翻来翻去，一多翻，就有比较，比较是医治受骗的好方子。乡下人常常误认一种硫化铜为金矿，空口是和他说不明白的，或者他还会赶紧藏起来，疑心你要白骗他的宝贝。但如果遇到一点真的金矿，只要用手掂一掂轻重，他就死心塌地：明白了。

“随便翻翻”是用各种别的矿石来比的方法，很费事，没有用真的金矿来比的明白，简单。我看现在青年的常在问人该读什么书，就是要看一看真金，免得受硫化铜的欺骗。而且一识得真金，一面也就真的识得了硫化铜，一举两得了。

但这样的好东西，在中国现有的书里，却不容易得到。我回忆自己的得到一点知识，真是苦得可怜。幼小时候，我知道中国在“盘古氏开辟天地”之后，有三皇五帝，……宋朝，元朝，明朝，“我大清”。到二十岁，又听说“我们”的成吉思汗征服欧洲，是“我们”最阔气的时代。到二十五岁，才知道所谓这“我们”最阔气的时代，其实是蒙古人征服了中国，我们做了奴才。直到今年八月里，因为要查一点故事，翻了三部蒙古史，这才明白蒙古人的征服“斡

罗思”，侵入匈奥，还在征服全中国之前，那时的成吉思还不是我们的汗，倒是俄人被奴的资格比我们老，应该他们说“我们的成吉思汗征服中国，是我们最阔气的时代”的。

我久不看现行的历史教科书了，不知道里面怎么说；但在报章杂志上，却有时还看见以成吉思汗自豪的文章。事情早已过去了，原没有什么大关系，但也许正有着大关系，而且无论如何，总是说些真实的好。所以我想，无论是学文学的，学科学的，他应该先看一部关于历史的简明而可靠的书。但如果他专讲天王星，或海王星，虾蟆的神经细胞，或只咏梅花，叫妹妹，不发关于社会的议论，那么，自然，不看也可以的。

我自己，是因为懂一点日本文，在用日译本《世界史教程》和新出的《中国社会史》应应急的，都比我历来所见的历史书类说得明确。前一种中国曾有译本，但只有一本，后五本不译了，译得怎样，因为没有见过，不知道。后一种中国倒先有译本，叫作《中国社会发展史》，不过据日译者说，是多错误，有删节，靠不住的。

我还在希望中国有这两部书。又希望不要一哄而来，一哄而散，要译，就译他完；也不要删节，要删节，就得声明，但最好还是译得小心，完全，替作者和读者想一想。

写于一九三四年十一月二日

发表于同年十一月上海《读书生活》月刊第一卷第二期

这才是我说的

我没有做小说的才能

书的还魂和赶造

把大部的丛书印给读者看，是宋朝就有的，一直到现在。缺点是因为部头大，所以价钱贵。好处是把研究一种学问的书汇集在一处，能比一部一部的自去寻求更省力；或者保存单本小种的著作在里面，使它不易于灭亡。但这第二种好处，是也靠着部头大，价钱贵，人们就因此格外珍重的缺点的。

但丛书也有蠹虫。从明末到清初，就时有欺人的丛书出现。那方法之一，是删削内容，轻减刻费，而目录却有一大串，使购买者只觉其种类之多；之二，是不用原题，别立名目，甚至另题撰人，使购买者只觉其收罗之广。如《格致丛书》，《历代小史》，《五朝小说》，《唐人说荟》等，就都是的。现在是大抵消灭了，只有末一种化名为《唐代丛书》，有时还在流毒。

然而时代改变，新花样也要跟着出来了。

推测起新花样来：其一，是豫先设定一种丛书的大名，罗列

目录，大如宇宙，微至苍蝇身上的细菌，无所不包，这才分头觅人，托他译作，限定时日，必须完工，虽然译作者未必定是专家，但总之有许多手同时在稿纸上写字，于是不必穷年累月，一大部煌煌巨制也就出现了；其二，是原有一批零碎的旧译作，一向不甚流行，或者虽曾流行，而现在却已经过了时候，于是聚在一起，略加类别，开成一串五花八门的目录，而一大部煌煌巨制也就出现了。

出版者是明白读者们的心想的，有些读者们，苦于不知道什么是必要的书，所以往往以为被选进丛书里的，总该是必要的书籍；而且丛书里的一本，价钱也比单行本便宜，所以看起来好像很上算；加以大小一律，也很合人们爱好整齐的心情。本数又多，一下子可以填满几书架，规模不大的图书馆有这几部，馆员就省下时常留心选购新书的精神了。然而出版者是又很明白购买者们的经济状况的，他深知道现在他们手头已没有这许多钱，所以这些书一定是廉价，使他们拚命的办出来，或者是分期豫约，使他们逐渐的缴进去。

汇印新作，当然是很好的，但新作必须是精粹的本子，这才可以救读者们的智识的饥荒。就是重印旧作，也并不算坏，不过这旧作必须已是一种带着文献性的本子，这才足供读者们的研究。如果仅仅是克日速成的草稿，或是栈房角落的存书，改换新装，招摇过市，但以“大”或“多”或“廉”诱人，使读者化去不少的钱，实际上却不过得到一大堆废物，这恶影响之在读书界是很不小的。

凡留心于文化的前进的人，对于这些书应该加以检讨！

写于一九三五年二月十五日

发表于同年三月五日《太白》半月刊第一卷第十二期

读书杂谈

因为知用中学的先生们希望我来演讲一回，所以今天到这里和诸君相见。不过我也没有什么东西可讲。忽而想到学校是读书的所在，就随便谈谈读书。是我个人的意见，姑且供诸君的参考，其实也算不得什么演讲。

说到读书，似乎是很明白的事，只要拿书来读就是了，但是并不这样简单。至少，就有两种：一是职业的读书，一是嗜好的读书。所谓职业的读书者，譬如学生因为升学，教员因为要讲功课，不翻翻书，就有些危险的就是。我想在坐的诸君之中一定有些这样的经验，有的不喜欢算学，有的不喜欢博物，然而不得不学，否则，不能毕业，不能升学，和将来的生计便有妨碍了。我自己也这样，因为做教员，有时即非看不喜欢看的书不可，要不这样，怕不久便会于饭碗有妨。我们习惯了，一说起读书，就觉得是高尚的事情，其实这样的读书，和木匠的磨斧头，裁缝的理针线并没有什么分别，并不见得高尚，有时还很苦痛，很可怜。你爱做的事，偏不给你做，你不爱做的，倒非做不可。这是由于职业和嗜好不能合一而来的。倘能够大家去做爱做的事，而仍然各有饭吃，那是多么幸福。但现在的社会上还做不到，所以读书的人们的最大部分，大概是勉勉强强的，带着苦痛的为职业的读书。

现在再讲嗜好的读书罢。那是出于自愿，全不勉强，离开了利害关系的。——我想，嗜好的读书，该如爱打牌的一样，天天打，夜夜打，连续的去打，有时被公安局捉去了，放出来之后还是打。诸君要知道真打牌的人的目的并不在赢钱，而在有趣。牌有怎样的有趣呢，我是外行，不大明白。但听得爱赌的人说，它妙在一张一张的摸起来，永远变化无穷。我想，凡嗜好的读书，能够手不释卷的原因也就是这样。他在每一叶每一叶里，都得着深厚的趣味。自然，也可以扩大精神，增加智识的，但这些倒都不计及，一计及，便等于意在赢钱的博徒了，这在博徒之中，也算是下品。

不过我的意思，并非说诸君应该都退了学，去看自己喜欢看的书去，这样的时候还没有到来；也许终于不会到，至多，将来可以设法使人们对于非做不可的事发生较多的兴味罢了。我现在是说，爱看书的青年，大可以看看本分以外的书，即课外的书，不要只将课内的书抱住。但请不要误解，我并非说，譬如在国文讲堂上，应该在抽屉里暗看《红楼梦》之类；乃是说，应做的功课已完而有余暇，大可以看看各样的书，即使和本业毫不相干的，也要泛览。譬

如学理科的，偏看看文学书，学文学的，偏看看科学书，看看别个在那里研究的，究竟是怎么一回事。这样子，对于别人，别事，可以有更深的了解。现在中国有一个大毛病，就是人们大概以为自己所学的一门是最好，最妙，最要紧的学问，而别的都无用，都不足道的，弄这些不足道的东西的人，将来该当饿死。其实是，世界还没有如此简单，学问都各有用处，要定什么是头等还很难。也幸而有各式各样的人，假如世界上全是文学家，到处所讲的不是“文学的分类”便是“诗之构造”，那倒反而无聊得很了。

不过以上所说的，是附带而得的效果，嗜好的读书，本人自然并不计及那些，就如游公园似的，随随便便去，因为随随便便，所以不吃力，因为不吃力，所以会觉得有趣。如果一本书拿到手，就满心想道，“我在读书了！”“我在用功了！”那就容易疲劳，因而减掉兴味，或者变成苦事了。

我看现在的青年，为兴味的读书的是有的，我也常常遇到各样的询问。此刻就将我所想到的说一点，但是只限于文学方面，因为我不明白其他的。

第一，是往往分不清文学和文章。甚至于已经来动手做批评文章的，也免不了这毛病。其实粗粗的说，这是容易分别的。研究文章的历史或理论的，是文学家，是学者；做做诗，或戏曲小说的，是做文章的人，就是古时候所谓文人，此刻所谓创作家。创作家不妨毫不理会文学史或理论，文学家也不妨做不出一句诗。然而中国社会上还很误解，你做几篇小说，便以为你一定懂得小说概论，做几句新诗，就要你讲诗之原理。我也尝见想做小说的青年，先买小说法程和文学史来看。据我看来，是即使将这些书看烂了，和创作也没有什么关系的。

事实上，现在有几个做文章的人，有时也确去做教授。但这是因为中国创作不值钱，养不活自己的缘故。听说美国小名家的一篇中篇小说，时价是二千美金；中国呢，别人我不知道，我自己的短篇寄给大书铺，每篇卖过二十元。当然要寻别的事，例如教书，讲文学。研究是要用理智，要冷静的，而创作须情感，至少总得发点热，于是忽冷忽热，弄得头昏，——这也是职业和嗜好不能合一的苦处。苦倒也罢了，结果还是什么都弄不好。那证据，是试翻世界文学史，那里面的人，几乎没有兼做教授的。

还有一种坏处，是一做教员，未免有顾忌；教授有教授的架子，不能畅所欲言。这或者有人要反驳：那么，你畅所欲言就是了，何必如此小心。然而这是事前的风凉话，一到有事，不知不觉地他也要从众来攻击的。而教授自身，纵使自以为怎样放达，下意识里总不免有架子在。所以在外国，称为“教授小说”的东西倒并不少，但是不大有人说好，至少，是总难免有令人发烦的炫学的地方。

所以我想，研究文学是一件事，做文章又是一件事。

第二，我常被询问：要弄文学，应该看什么书？这实在是一个极难回答的问题。先前也曾有几位先生给青年开过一大篇书目。

但从我看来，这是没有什么用处的，因为我觉得那都是开书目的先生自己想要看或者未必想要看的书目。我以为倘要弄旧的呢，倒不如姑且靠着张之洞的《书目答问》去摸门径去。倘是新的，研究文学，则自己先看看各种的小本子，如本间久雄的《新文学概论》，厨川白村的《苦闷的象征》，瓦浪斯基们的《苏俄的文艺论战》之类，然后自己再想想，再博览下去。因为文学的理论不像算学，二二一定得四，所以议论很纷歧。如第三种，便是俄国的两派的争论，——我附带说一句，近来听说连俄国的小说也不大有人看了，似乎一看见“俄”字就吃惊，其实苏俄的新创作何尝有人绍介，此刻译出的几本，都是革命前的作品，作者在那边都已经被看作反革命的了。倘要看看文艺作品呢，则先看几种名家的选本，从中觉得谁的作品自己最爱看，然后再看这一个作者的专集，然后再从文学史上看看他在史上的位置；倘要知道得更详细，就看一两本这人的传记，那便可以大略了解了。如果专是请教别人，则各人的嗜好不同，总是格不相入的。

第三，说几句关于批评的事。现在因为出版物太多了，——其实有什么呢，而读者因为不胜其纷纭，便渴望批评，于是批评家也便应运而起。批评这东西，对于读者，至少对于和这批评家趣旨相近的读者，是有用的。但中国现在，似乎应该暂作别论。往往有人误以为批评家对于创作是操生杀之权，占文坛的最高位的，就忽而变成批评家；他的灵魂上挂了刀。但是怕自己的立论不周密，便主张主观，有时怕自己的观察别人不看重，又主张客观；有时说自己的作文的根柢全是同情，有时将校对者骂得一文不值。凡中国的批评文字，我总是越看越胡涂，如果当真，就要无路可走。印度人是早知道的，有一个很普通的比喻。他们说：一个老翁和一个孩子用一匹驴子驮着货物去出卖，货卖去了，孩子骑驴回来，老翁跟着走。但路人责备他了，说是不晓事，叫老年人徒步。他们便换了一个地位，而旁人又说老人忍心；老人忙将孩子抱到鞍鞒上，后来看见的人却说他们残酷；于是都下来，走了不久，可又有人笑他们了，说他们是呆子，空着现成的驴子却不骑。于是老人对孩子叹息道，我们只剩了一个办法了，是我们两人抬着驴子走。无论读，无论做，倘若旁征博访，结果是往往会弄到抬驴子走的。

不过我并非要大家不看批评，不过说看了之后，仍要看看本书，自己思索，自己做主。看别的书也一样，仍要自己思索，自己观察。倘只看书，便变成书厨，即使自己觉得有趣，而那趣味其实是已在逐渐硬化，逐渐死去了。我先前反对青年躲进研究室，也就是这意思，至今有些学者，还将这话算作我的一条罪状哩。

听说英国的培那特萧（Bernard Shaw），有过这样意思的话：世间最不行的是读书者。因为他只能看别人的思想艺术，不用自己。这也就是勖本华尔（Schopenhauer）之所谓脑子里给别人跑马。较好的是思索者。因为能用自己的生活力了，但还不免是空想，所以更好的是观察者，他用自己的眼睛去读世间这一部活书。

这是的确的，实地经验总比看，听，空想确凿。我先前吃过干荔支，罐头荔支，陈年荔支，并且由这些推想过新鲜的好荔支。这回吃过了，和我所猜想的不同，非到广东来吃就永不会知道。但我对于萧的所说，还要加一点骑墙的议论。萧是爱尔兰人，立论也不免有些偏激的。我以为假如从广东乡下找一个没有历练的人，叫他从上海到北京或者什么地方，然后问他观察所得，我恐怕是很有限的，因为他没有练习过观察力。所以要观察，还是先要经过思索和读书。

总之，我的意思是很简单的：我们自动的读书，即嗜好的读书，请教别人是大抵无用，只好先行泛览，然后决择而入于自己所爱的较专的一门或几门；但专读书也有弊病，所以必须和实社会接触，使所读的书活起来。

于一九二七年七月十六日在广州知用中学讲

这才是我说的

我没有做小说的才能

看书琐记

高尔基很惊服巴尔札克小说里写对话的巧妙，以为并不描写人物的模样，却能使读者看了对话，便好像目睹了说话的那些人。（八月份《文学》内《我的文学修养》）

中国还没有那样好手段的小说家，但《水浒》和《红楼梦》的有些地方，是能使读者由说话看出人来的。其实，这也并非什么奇特的事情，在上海的弄堂里，租一间小房子住着的人，就时时可以体验到。他和周围的住户，是不一定见过面的，但只隔一层薄板壁，所以有些人家的眷属和客人的谈话，尤其是高声的谈话，都大略可以听到，久而久之，就知道那里有那些人，而且仿佛觉得那些人是怎样的人了。

如果删除了不必要之点，只摘出各人的有特色的谈话来，我想，就可以使别人从谈话里推见每个说话的人物。但我并不是说，这就成了中国的巴尔札克。

作者用对话表现人物的时候，恐怕在他自己的心目中，是存在

着这人物的模样的，于是传给读者，使读者的心目中也形成了这人物的模样。但读者所推见的人物，却并不一定和作者所设想的相同，巴尔札克的小胡须的清瘦老人，到了高尔基的头里，也许变了粗蛮壮大的络腮胡子。不过那性格，言动，一定有些类似，大致不差，恰如将法文翻成了俄文一样。要不然，文学这东西便没有普遍性了。

文学虽然有普遍性，但因读者的体验的不同而有变化，读者倘没有类似的体验，它也就失去了效力。譬如我们看《红楼梦》，从文字上推见了林黛玉这一个人，但须排除了梅博士的“黛玉葬花”照相的先入之见，另外想一个，那么，恐怕会想到剪头发，穿印度绸衫，清瘦，寂寞的摩登女郎；或者别的什么模样，我不能断定。但试去和三四十年前出版的《红楼梦图咏》之类里面的画像比一比罢，一定是截然两样的，那上面所画的，是那时的读者的心目中的林黛玉。

文学有普遍性，但有界限；也有较为永久的，但因读者的社会体验而生变化。北极的遏斯吉摩人和菲洲腹地的黑人，我以为是不会懂得“林黛玉型”的；健全而合理的好社会中人，也将不能懂得，他们大约要比我们的听讲始皇焚书，黄巢杀人更其隔膜。一有变化，即非永久，说文学独有仙骨，是做梦的人们的梦话。

写于一九三四年八月六日

发表于同年八月八日《申报·自由谈》

作文秘诀

现在竟还有人写信来问我作文的秘诀。

我们常常听到：拳师教徒弟是留一手的，怕他学全了就要打死自己，好让他称雄。在实际上，这样的事情也并非全没有，逢蒙杀羿就是一个前例。逢蒙远了，而这种古气是没有消尽的，还加上了后来的“状元瘾”，科举虽然久废，至今总还要争“唯一”，争“最先”。遇到有“状元瘾”的人们，做教师就危险，拳棒教完，往往免不了被打倒，而这位新拳师来教徒弟时，却以他的先生和自己为前车之鉴，就一定留一手，甚而至于三四手，于是拳术也就“一代不如一代”了。

还有，做医生的有秘方，做厨子的有秘法，开点心铺子的有秘传，为了保全自家的衣食，听说这还只授儿妇，不教女儿，以免流传到别人家里去。“秘”是中国非常普遍的东西，连关于国家大事的会议，也总是“内容非常秘密”，大家不知道。但是，作文却好

像偏偏并无秘诀，假使有，每个作家一定是传给子孙的了，然而祖传的作家很少见。自然，作家的孩子们，从小看惯书籍纸笔，眼格也许比较的可以大一点罢，不过不见得就会做。目下的刊物上，虽然常见什么“父子作家”“夫妇作家”的名称，仿佛真能从遗嘱或情书中，密授一些什么秘诀一样，其实乃是肉麻当有趣，妄将做官的关系，用到作文上去了。

那么，作文真就毫无秘诀么？却也并不。我曾经讲过几句做古文的秘诀，是要通篇都有来历，而非古人的成文；也就是通篇是自己做的，而又全非自己所做，个人其实并没有说什么；也就是“事出有因”，而又“查无实据”。到这样，便“庶几乎免于大过也矣”了。简而言之，实不过要做得“今天天气，哈哈哈……”而已。

这是说内容。至于修辞，也有一点秘诀：一要蒙胧，二要难懂。那方法，是：缩短句子，多用难字。譬如罢，作文论秦朝事，写一句“秦始皇乃始烧书”，是不算好文章的，必须翻译一下，使它不容易一目了然才好。这时就用得着《尔雅》，《文选》了，其实是只要不给别人知道，查查《康熙字典》也不妨的。动手来改，成为“始皇始焚书”，就有些“古”起来，到得改成“政俶燔典”，那就简直有了班马气，虽然跟着也令人不大看得懂。但是这样的做成一篇以至一部，是可以被称为“学者”的，我想了半天，只做得一句，所以只配在杂志上投稿。

我们的古之文学大师，就常常玩着这一手。班固先生的“紫色鼃声，余分闰位”，就将四句长句，缩成八字的；扬雄先生的“蠢迪检柙”，就将“动由规矩”这四个平常字，翻成难字的。《绿野仙踪》记塾师咏“花”，有句云：“媳钗俏矣儿书废，哥罐闻焉嫂棒伤。”自说意思，是儿妇折花为钗，虽然俏丽，但恐儿子因而废读；下联较费解，是他的哥哥折了花来，没有花瓶，就插在瓦罐里，以嗅花香，他嫂嫂为防微杜渐起见，竟用棒子连花和罐一起打坏了。这算是对于冬烘先生的嘲笑。然而他的作法，其实是和扬班并无不合的，错只在他不用古典而用新典。这一个所谓“错”，就使《文选》之类在遗老遗少们的心眼里保住了威灵。

做得蒙胧，这便是所谓“好”么？答曰：也不尽然，其实是不过掩了丑。但是，“知耻近乎勇”，掩了丑，也就仿佛近乎好了。摩登女郎披下头发，中年妇人罩上面纱，就都是蒙胧术。人类学家解释衣服的起源有三说：一说是因为男女知道了性的羞耻心，用这来遮羞；一说却以为倒是用这来刺激；还有一种是说因为老弱男女，身体衰瘦，露着不好看，盖上一些东西，借此掩掩丑的。从修辞学的立场上看起来，我赞成后一说。现在还常有骈四俪六，典丽堂皇的祭文，挽联，宣言，通电，我们倘去查字典，翻类书，剥去它外面的装饰，翻成白话文，试看那剩下的是怎样的东西呵！？

不懂当然也好的。好在那里呢？即好在“不懂”中。但所虑的是好到令人不能说好丑，所以还不如做得它“难懂”：有一点懂，而下一番苦功之后，所懂的也比较的多起来。我们是向来很有崇

拜“难”的脾气的，每餐吃三碗饭，谁也不以为奇，有人每餐要吃十八碗，就郑重其事的写在笔记上；用手穿针没有人看，用脚穿针就可以搭帐篷卖钱；一幅画片，平淡无奇，装在匣子里，挖一个洞，化为西洋镜，人们就张着嘴热心的要看了。况且同是一事，费了苦功而达到的，也比并不费力而达到的可贵。譬如到什么庙里去烧香罢，到山上的，比到平地上的可贵；三步一拜才到庙里的庙，和坐了轿子一径抬到的庙，即使同是这庙，在到达者的心里的可贵的程度是大有高下的。作文之贵乎难懂，就是要使读者三步一拜，这才能够达到一点目的的妙法。

写到这里，成了所讲的不但只是做古文的秘诀，而且是做骗人的古文的秘诀了。但我想，做白话文也没有什么大两样，因为它也可以夹些僻字，加上蒙胧或难懂，来施展那变戏法的障眼的手巾的。倘要反一调，就是“白描”。

“白描”却并没有秘诀。如果要说有，也不过是和障眼法反一调：有真意，去粉饰，少做作，勿卖弄而已。

写于一九三三年十一月十日

发表于同年十二月十五日《申报月刊》第二卷第十二号

魏晋风度及文章与药及酒之关系

我今天所讲的，就是黑板上写着的这样一个题目。

中国文学史，研究起来，可真不容易，研究古的，恨材料太少，研究今的，材料又太多，所以到现在，中国较完全的文学史尚未出现。今天讲的题目是文学史上的一部分，也是材料太少，研究起来很有困难的地方。因为我们想研究某一时代的文学，至少要知道作者的环境，经历和著作。

汉末魏初这个时代是很重要的时代，在文学方面起一个重大的变化，因当时正在黄巾和董卓大乱之后，而且又是党锢的纠纷之后，这时曹操出来了。——不过我们讲到曹操，很容易就联想起《三国志演义》，更而想起戏台上那一位花面的奸臣，但这不是观察曹操的真正方法。现在我们再看历史，在历史上的记载和论断有时也是极靠不住的，不能相信的地方很多，因为通常我们晓得，某朝的年代长一点，其中必定好人多；某朝的年代短一点，其中差不多没有

好人。为什么呢？因为年代长了，做史的是本朝人，当然恭维本朝的人物，年代短了，做史的是别朝人，便很自由地贬斥其异朝的人物，所以在秦朝，差不多在史的记载上半个好人也没有。曹操在史上年代也是颇短的，自然也逃不了被后一朝人说坏话的公例。其实，曹操是一个很有本事的人，至少是一个英雄，我虽不是曹操一党，但无论如何，总是非常佩服他。

研究那时的文学，现在较为容易了，因为已经有人做过工作：在文集一方面有清严可均辑的《全上古三代秦汉三国晋南北朝文》。其中于此有用的，是《全汉文》，《全三国文》，《全晋文》。

在诗一方面有丁福保辑的《全汉三国晋南北朝诗》。——丁福保是做医生的，现在还在。

辑录关于这时代的文学评论有刘师培编的《中国中古文学史》。这本书是北大的讲义，刘先生已死，此书由北大出版。

上面三种书对于我们的研究有很大的帮助。能使我们看出这时代的文学的确有点异彩。

我今天所讲，倘若刘先生的书里已详的，我就略一点；反之，刘先生所略的，我就较详一点。

董卓之后，曹操专权。在他的统治之下，第一个特色便是尚刑名。他的立法是很严的，因为当大乱之后，大家都想做皇帝，大家都想叛乱，故曹操不能不如此。曹操曾自己说过："倘无我，不知有多少人称王称帝！"这句话他倒并没有说谎。因此之故，影响到文章方面，成了清峻的风格。——就是文章要简约严明的意思。

此外还有一个特点，就是尚通脱。他为什么要尚通脱呢？自然也与当时的风气有莫大的关系。因为在党锢之祸以前，凡党中人都自命清流，不过讲“清”讲得太过，便成固执，所以在汉末，清流的举动有时便非常可笑了。

比方有一个有名的人，普通的人去拜访他，先要说几句话，倘这几句话说得不对，往往会遭倨傲的待遇，叫他坐到屋外去，甚而至于拒绝不见。

又如有一个人，他和他的姊夫是不对的，有一回他到姊姊那里去吃饭之后，便要将饭钱算回给姊姊。她不肯要，他就于出门之后，把那些钱扔在街上，算是付过了。

个人这样闹闹脾气还不要紧，若治国平天下也这样闹起执拗的脾气来，那还成甚么话？所以深知此弊的曹操要起来反对这种习气，力倡通脱。通脱即随便之意。此种提倡影响到文坛，便产生多量想说甚么便说甚么的文章。

更因思想通脱之后，废除固执，遂能充分容纳异端和外来的思想，故孔教以外的思想源源引入。

总括起来，我们可以说汉末魏初的文章是清峻，通脱。在曹操本身，也是一个改造文章的祖师，可惜他的文章传的很少。他胆子很人，文章从通脱得力不少，做文章时又没有顾忌，想写的便写出来。

所以曹操征求人才时也是这样说，不忠不孝不要紧，只要有才

便可以。这又是别人所不敢说的。曹操做诗，竟说是“郑康成行酒伏地气绝”，他引出离当时不久的事实，这也是别人所不敢用的。还有一样，比方人死时，常常写点遗令，这是名人的一件极时髦的事。当时的遗令本有一定的格式，且多言身后当葬于何处何处，或葬于某某名人的墓旁；操独不然，他的遗令不但没有依着格式，内容竟讲到遗下的衣服和伎女怎样处置等问题。

陆机虽然评曰“贻尘谤于后王”，然而我想他无论如何是一个精明人，他自己能做文章，又有手段，把天下的方士文士统统搜罗起来，省得他们跑在外面给他捣乱。所以他帷幄里面，方士文士就特别地多。

孝文帝曹丕，以长子而承父业，篡汉而即帝位。他也是喜欢文章的。其弟曹植，还有明帝曹叡，都是喜欢文章的。不过到那个时候，于通脱之外，更加上华丽。丕著有《典论》，现已失散无全本，那里面说：“诗赋欲丽”，“文以气为主”。《典论》的零零碎碎，在唐宋类书中；一篇整的《论文》，在《文选》中可以看见。

后来有一般人很不以他的见解为然。他说诗赋不必寓教训，反对当时那些寓训勉于诗赋的见解，用近代的文学眼光看来，曹丕的一个时代可说是“文学的自觉时代”，或如近代所说是为艺术而艺术（Art for Art's Sake）的一派。所以曹丕做的诗赋很好，更因他以“气”为主，故于华丽以外，加上壮大。归纳起来，汉末，魏初的文章，可说是：“清峻，通脱，华丽，壮大。”在文学的意见上，曹丕和曹植表面上似乎是不同的。曹丕说文章事可以留名声于千载；但子建却说文章小道，不足论的。据我的意见，子建大概是违心之论。这里有两个原因，第一，子建的文章做得好，一个人大概总是不满意自己所做而羡慕他人所为的，他的文章已经做得好，于是他便敢说文章是小道；第二，子建活动的目标在于政治方面，政治方面不甚得志，遂说文章是无用了。

曹操曹丕以外，还有下面的七个人：孔融，陈琳，王粲，徐幹，阮瑀，应玚，刘桢，都很能做文章，后来称为“建安七子”。七人的文章很少流传，现在我们很难判断；但，大概都不外是“慷慨”，“华丽”罢。华丽即曹丕所主张，慷慨就因当天下大乱之际，亲戚朋友死于乱者特多，于是为文就不免带着悲凉，激昂和“慷慨”了。

七子之中，特别的是孔融，他专喜和曹操捣乱。曹丕《典论》里有论孔融的，因此他也被拉进“建安七子”一块儿去。其实不对，很两样的。不过在当时，他的名声可非常之大。孔融作文，喜用讥嘲的笔调，曹丕很不满意他。孔融的文章现在传的也很少，就他所有的看起来，我们可以瞧出他并不大对别人讥讽，只对曹操。比方操破袁氏兄弟，曹丕把袁熙的妻甄氏拿来，归了自己，孔融就写信给曹操，说当初武王伐纣，将妲己给了周公了。操问他的出典，他说，以今例古，大概那时也是这样的。又比方曹操要禁酒，说酒可以亡国，非禁不可，孔融又反对他，说也有以女人亡国的，何以不禁婚姻？

其实曹操也是喝酒的。我们看他的“何以解忧？惟有杜康”的诗句，就可以知道。为什么他的行为会和议论矛盾呢？此无他，因曹操是个办事人，所以不得不这样做；孔融是旁观的人，所以容易说些自由话。曹操见他屡屡反对自己，后来借故把他杀了。他杀孔融的罪状大概是不孝。因为孔融有下列的两个主张：

第一，孔融主张母亲和儿子的关系是如瓶之盛物一样，只要在瓶内把东西倒了出来，母亲和儿子的关系便算完了。第二，假使有天下饥荒的一个时候，有点食物，给父亲不给呢？孔融的答案是：倘若父亲是不好的，宁可给别人。——曹操想杀他，便不惜以这种主张为他不忠不孝的根据，把他杀了。倘若曹操在世，我们可以问他，当初求才时就说不忠不孝也不要紧，为何又以不孝之名杀人呢？然而事实上纵使曹操再生，也没人敢问他，我们倘若去问他，恐怕他把我们也杀了！

与孔融一同反对曹操的尚有一个祢衡，后来给黄祖杀掉的。祢衡的文章也不错，而且他和孔融早是“以气为主”来写文章的了。故在此我们又可知道，汉文慢慢壮大起来，是时代使然，非专靠曹操父子之功的。但华丽好看，却是曹丕提倡的功劳。

这样下去一直到明帝的时候，文章上起了个重大的变化，因为出了一个何晏。

何晏的名声很大，位置也很高，他喜欢研究《老子》和《易经》。至于他是怎样的一个人呢？那真相现在可很难知道，很难调查。因为他是曹氏一派的人，司马氏很讨厌他，所以他们的记载对何晏大不满。因此产生许多传说，有人说何晏的脸上是搽粉的，又有人说他本来生得白，不是搽粉的。但究竟何晏搽粉不搽粉呢？我也不知道。

但何晏有两件事我们是知道的。第一，他喜欢空谈，是空谈的祖师；第二，他喜欢吃药，是吃药的祖师。

此外，他也喜欢谈名理。他身子不好，因此不能不服药。他吃的不是寻常的药，是一种名叫“五石散”的药。

“五石散”是一种毒药，是何晏吃开头的。汉时，大家还不敢吃，何晏或者将药方略加改变，便吃开头了。五石散的基本，大概是五样药：石钟乳，石硫黄，白石英，紫石英，赤石脂；另外怕还配点别样的药。但现在也不必细细研究它，我想各位都是不想吃它的。

从书上看起来，这种药是很好的，人吃了能转弱为强。因此之故，何晏有钱，他吃起来了；大家也跟着吃。那时五石散的流毒就同清末的鸦片的流毒差不多，看吃药与否以分阔气与否的。现在由隋巢元方做的《诸病源候论》的里面可以看到一些。据此书，可知吃这药是非常麻烦的，穷人不能吃，假使吃了之后，一不小心，就会毒死。先吃下去的时候，倒不怎样的，后来药的效验既显，名曰“散发”。倘若没有“散发”，就有弊而无利。因此吃了之后不能休息，非走路不可，因走路才能“散发”，所以走路名曰“行散”。

比方我们看六朝人的诗，有云：“至城东行散”，就是此意。后来做诗的人不知其故，以为“行散”即步行之意，所以不服药也以“行散”二字入诗，这是很笑话的。

走了之后，全身发烧，发烧之后又发冷。普通发冷宜多穿衣，吃热的东西。但吃药后的发冷刚刚要相反：衣少，冷食，以冷水浇身。倘穿衣多而食热物，那就非死不可。因此五石散一名寒食散。只有一样不必冷吃的，就是酒。

吃了散之后，衣服要脱掉，用冷水浇身；吃冷东西；饮热酒。这样看起来，五石散吃的人多，穿厚衣的人就少；比方在广东提倡，一年以后，穿西装的人就没有了。因为皮肉发烧之故，不能穿窄衣。为豫防皮肤被衣服擦伤，就非穿宽大的衣服不可。现在有许多人以为晋人轻裘缓带，宽衣，在当时是人们高逸的表现，其实不知他们是吃药的缘故。一班名人都吃药，穿的衣都宽大，于是不吃药的也跟着名人，把衣服宽大起来了！

还有，吃药之后，因皮肤易于磨破，穿鞋也不方便，故不穿鞋袜而穿屐。所以我们看晋人的画像或那时的文章，见他衣服宽大，不鞋而屐，以为他一定是很舒服，很飘逸的了，其实他心里都是很苦的。

更因皮肤易破，不能穿新的而宜于穿旧的，衣服便不能常洗。因不洗，便多虱。所以在文章上，虱子的地位很高，“扪虱而谈”，当时竟传为美事。比方我今天在这里演讲的时候，扪起虱来，那是不大好的。但在那时不要紧，因为习惯不同之故。这正如清朝是提倡抽大烟的，我们看见两肩高耸的人，不觉得奇怪。现在就不行了，倘若多数学生，他的肩成为一字样，我们就觉得很奇怪了。

此外可见服散的情形及其他种种的书，还有葛洪的《抱朴子》。

到东晋以后，作假的人就很多，在街旁睡倒，说是“散发”以示阔气。就像清时尊读书，就有人以墨涂唇，表示他是刚才写了许多字的样子。故我想，衣大，穿屐，散髪等等，后来效之，不吃也学起来，与理论的提倡实在是无关的。

又因“散发”之时，不能肚饿，所以吃冷物，而且要赶快吃，不论时候，一日数次也不可定。因此影响到晋时“居丧无礼”。——本来魏晋时，对于父母之礼是很繁多的。比方想去访一个人，那么，在未访之前，必先打听他父母及其祖父母的名字，以便避讳。否则，嘴上一说出这个字音，假如他的父母是死了的，主人便会大哭起来——他记得父母了——给你一个大大的没趣。晋礼居丧之时，也要瘦，不多吃饭，不准喝酒。但在吃药之后，为生命计，不能管得许多，只好大嚼，所以就变成“居丧无礼”了。

居丧之际，饮酒食肉，由阔人名流倡之，万民皆从之，因为这个缘故，社会上遂尊称这样的人叫作名士派。

吃散发源于何晏，和他同志的，有王弼和夏侯玄两个人，与晏同为服药的祖师。有他三人提倡，有多人跟着走。他们三人多是会做文章，除了夏侯玄的作品流传不多外，王何二人现在我们

尚能看到他们的文章。他们都是生于正始的，所以又名曰“正始名士”。但这种习惯的末流，是只会吃药，或竟假装吃药，而不会做文章。

东晋以后，不做文章而流为清谈，由《世说新语》一书里可以看到。此中空论多而文章少，比较他们三个差得远了。三人中王弼二十余岁便死了，夏侯何二人皆为司马懿所杀。因为他二人同曹操有关系，非死不可，犹曹操之杀孔融，也是借不孝做罪名的。

二人死后，论者多因其与魏有关而骂他，其实何晏值得骂的就是因为他是吃药的发起人。这种服散的风气，魏，晋，直到隋，唐，还存在着，因为唐时还有“解散方”，即解五石散的药方，可以证明还有人吃，不过少点罢了。唐以后就没有人吃，其原因尚未详，大概因其弊多利少，和鸦片一样罢?

晋名人皇甫谧作一书曰《高士传》，我们以为他很高超。但他是服散的，曾有一篇文章，自说吃散之苦。因为药性一发，稍不留心，即会丧命，至少也会受非常的苦痛，或要发狂；本来聪明的人，因此也会变成痴呆。所以非深知药性，会解救，而且家里的人多深知药性不可。晋朝人多是脾气很坏，高傲，发狂，性暴如火的，大约便是服药的缘故。比方有苍蝇扰他，竟至拔剑追赶；就是说话，也要胡胡涂涂地才好，有时简直是近于发疯。但在晋朝更有以痴为好的，这大概也是服药的缘故。

魏末，何晏他们以外，又有一个团体新起，叫做“竹林名士”，也是七个，所以又称“竹林七贤”。正始名士服药，竹林名士饮酒。竹林的代表是嵇康和阮籍。但究竟竹林名士不纯粹是喝酒的，嵇康也兼服药，而阮籍则是专喝酒的代表。但嵇康也饮酒，刘伶也是这里面的一个。他们七人中差不多都是反抗旧礼教的。

这七人中，脾气各有不同。嵇阮二人的脾气都很大；阮籍老年时改得很好，嵇康就始终都是极坏的。

阮年青时，对于访他的人有加以青眼和白眼的分别。白眼大概是全然看不见眸子的，恐怕要练习很久才能够。青眼我会装，白眼我却装不好。

后来阮籍竟做到“口不臧否人物”的地步，嵇康却全不改变。结果阮得终其天年，而嵇竟丧于司马氏之手，与孔融何晏等一样，遭了不幸的杀害。这大概是因为吃药和吃酒之分的缘故：吃药可以成仙，仙是可以骄视俗人的；饮酒不会成仙，所以敷衍了事。

他们的态度，大抵是饮酒时衣服不穿，帽也不带。若在平时，有这种状态，我们就说无礼，但他们就不同。居丧时不一定按例哭泣；子之于父，是不能提父的名，但在竹林名士一流人中，子都会叫父的名号。旧传下来的礼教，竹林名士是不承认的。即如刘伶——他曾做过一篇《酒德颂》，谁都知道——他是不承认世界上从前规定的道理的，曾经有这样的事，有一次有客见他，他不穿衣服。人责问他；他答人说，天地是我的房屋，房屋就是我的衣服，你们为什么进我的裤子中来？至于阮籍，就更甚了，他

连上下古今也不承认，在《大人先生传》里有说：“天地解兮六合开，星辰陨兮日月颓，我腾而上将何怀？”他的意思是天地神仙，都是无意义，一切都不要，所以他觉得世上的道理不必争，神仙也不足信，既然一切都是虚无，所以他便沉湎于酒了。然而他还有一个原因，就是他的饮酒不独由于他的思想，大半倒在环境。其时司马氏已想篡位，而阮籍名声很大，所以他讲话就极难，只好多饮酒，少讲话，而且即使讲话讲错了，也可以借醉得到人的原谅。只要看有一次司马懿求和阮籍结亲，而阮籍一醉就是两个月，没有提出的机会，就可以知道了。

阮籍作文章和诗都很好，他的诗文虽然也慷慨激昂，但许多意思都是隐而不显的。宋的颜延之已经说不大能懂，我们现在自然更很难看得懂他的诗了。他诗里也说神仙，但他其实是不相信的。嵇康的论文，比阮籍更好，思想新颖，往往与古时旧说反对。孔子说：“学而时习之，不亦说乎？”嵇康做的《难自然好学论》，却道，人是并不好学的，假如一个人可以不做事而又有饭吃，就随便闲游不喜欢读书了，所以现在人之好学，是由于习惯和不得已。还有管叔蔡叔，是疑心周公，率殷民叛，因而被诛，一向公认为坏人的。而嵇康做的《管蔡论》，就也反对历代传下来的意思，说这两个人是忠臣，他们的怀疑周公，是因为地方相距太远，消息不灵通。

但最引起许多人的注意，而且于生命有危险的，是《与山巨源绝交书》中的“非汤武而薄周孔”。司马懿因这篇文章，就将嵇康杀了。非薄了汤武周孔，在现时代是不要紧的，但在当时却关系非小。汤武是以武定天下的；周公是辅成王的；孔子是祖述尧舜，而尧舜是禅让天下的。嵇康都说不好，那么，教司马懿篡位的时候，怎么办才是好呢？没有办法。在这一点上，嵇康于司马氏的办事上有了直接的影响，因此就非死不可了。嵇康的见杀，是因为他的朋友吕安不孝，连及嵇康，罪案和曹操的杀孔融差不多。魏晋，是以孝治天下的，不孝，故不能不杀。为什么要以孝治天下呢？因为天位从禅让，即巧取豪夺而来，若主张以忠治天下，他们的立脚点便不稳，办事便棘手，立论也难了，所以一定要以孝治天下。但倘只是实行不孝，其实那时倒不很要紧的，嵇康的害处是在发议论；阮籍不同，不大说关于伦理上的话，所以结局也不同。

但魏晋也不全是这样的情形，宽袍大袖，大家饮酒。反对的也很多。在文章上我们还可以看见裴頠的《崇有论》，孙盛的《老子非大贤论》，这些都是反对王何们的。在史实上，则何曾劝司马懿杀阮籍有好几回，司马懿不听他的话，这是因为阮籍的饮酒，与时局的关系少些的缘故。

然而后人就将嵇康阮籍骂起来，人云亦云，一直到现在，一千六百多年。季札说：“中国之君子，明于礼义而陋于知人心。”这是确的，大凡明于礼义，就一定要陋于知人心的，所以古代有

许多人受了很大的冤枉。例如嵇阮的罪名，一向说他们毁坏礼教。但据我个人的意见，这判断是错的。魏晋时代，崇奉礼教的看来似乎很不错，而实在是毁坏礼教，不信礼教的。表面上毁坏礼教者，实则倒是承认礼教，太相信礼教。因为魏晋时所谓崇奉礼教，是用以自利，那崇奉也不过偶然崇奉，如曹操杀孔融，司马懿杀嵇康，都是因为他们和不孝有关，但实在曹操司马懿何尝是著名的孝子，不过将这个名义，加罪于反对自己的人罢了。于是老实人以为如此利用，亵黩了礼教，不平之极，无计可施，激而变成不谈礼教，不信礼教，甚至于反对礼教。——但其实不过是态度，至于他们的本心，恐怕倒是相信礼教，当作宝贝，比曹操司马懿们要迂执得多。现在说一个容易明白的比喻罢，譬如有一个军阀，在北方——在广东的人所谓北方和我常说的北方的界限有些不同，我常称山东山西直隶河南之类为北方——那军阀从前是压迫民党的，后来北伐军势力一大，他便挂起了青天白日旗，说自己已经信仰三民主义了，是总理的信徒。这样还不够，他还要做总理的纪念周。这时候，真的三民主义的信徒，去呢，不去呢？不去，他那里就可以说你反对三民主义，定罪，杀人。但既然在他的势力之下，没有别法，真的总理的信徒，倒会不谈三民主义，或者听人假惺惺的谈起来就皱眉，好像反对三民主义模样。所以我想，魏晋时所谓反对礼教的人，有许多大约也如此。他们倒是迂夫子，将礼教当作宝贝看待的。

还有一个实证，凡人们的言论，思想，行为，倘若自己以为不错的，就愿意天下的别人，自己的朋友都这样做。但嵇康阮籍不这样，不愿意别人来模仿他。竹林七贤中有阮咸，是阮籍的侄子，一样的饮酒。阮籍的儿子阮浑也愿加入时，阮籍却道不必加入，吾家已有阿咸在，够了。假若阮籍自以为行为是对的，就不当拒绝他的儿子，而阮籍却拒绝自己的儿子，可知阮籍并不以他自己的办法为然。至于嵇康，一看他的《绝交书》，就知道他的态度很骄傲的；有一次，他在家打铁——他的性情是很喜欢打铁的——钟会来看他了，他只打铁，不理钟会。钟会没有意味，只得走了。其时嵇康就问他："何所闻而来，何所见而去？"钟会答道："闻所闻而来，见所见而去。"这也是嵇康杀身的一条祸根。但我看他做给他的儿子看的《家诫》——当嵇康被杀时，其子方十岁，算来当他做这篇文章的时候，他的儿子是未满十岁的——就觉得宛然是两个人。他在《家诫》中教他的儿子做人要小心，还有一条一条的教训。有一条是说长官处不可常去，亦不可住宿；官长送人们出来时，你不要在后面，因为恐怕将来官长惩办坏人时，你有暗中密告的嫌疑。又有一条是说宴饮时候有人争论，你可立刻走开，免得在旁批评，因为两者之间必有对与不对，不批评则不像样，一批评就总要是甲非乙，不免受一方见怪。还有人要你饮酒，即使不愿饮也不要坚决地推辞，必须和和气气的拿着杯了。我们就此看来，实在觉得很希奇：嵇康是那样高傲的人，而他教子就要他这样庸碌。因此我们知道，

嵇康自己对于他自己的举动也是不满足的。所以批评一个人的言行实在难，社会上对于儿子不像父亲，称为“不肖”，以为是坏事，殊不知世上正有不愿意他的儿子像自己的父亲哩。试看阮籍嵇康，就是如此。这是，因为他们生于乱世，不得已，才有这样的行为，并非他们的本态。但又于此可见魏晋的破坏礼教者，实在是相信礼教到固执之极的。

不过何晏王弼阮籍嵇康之流，因为他们的名位大，一般的人们就学起来，而所学的无非是表面，他们实在的内心，却不知道。因为只学他们的皮毛，于是社会上便很多了没意思的空谈和饮酒。许多人只会无端的空谈和饮酒，无力办事，也就影响到政治上，弄得玩“空城计”，毫无实际了。在文学上也这样，嵇康阮籍的纵酒，是也能做文章的，后来到东晋，空谈和饮酒的遗风还在，而万言的大文如嵇阮之作，却没有了。刘勰说：“嵇康师心以遣论，阮籍使气以命诗。”这“师心”和“使气”，便是魏末晋初的文章的特色。正始名士和竹林名士的精神灭后，敢于师心使气的作家也没有了。

到东晋，风气变了。社会思想平静得多，各处都夹入了佛教的思想。再至晋末，乱也看惯了，篡也看惯了，文章便更和平。代表平和的文章的人有陶潜。他的态度是随便饮酒，乞食，高兴的时候就谈论和作文章，无尤无怨。所以现在有人称他为“田园诗人”，是个非常和平的田园诗人。他的态度是不容易学的，他非常之穷，而心里很平静。家常无米，就去向人家门口求乞。他穷到有客来见，连鞋也没有，那客人给他从家丁取鞋给他，他便伸了足穿上了。虽然如此，他却毫不为意，还是“采菊东篱下，悠然见南山”。这样的自然状态，实在不易模仿。他穷到衣服也破烂不堪，而还在东篱下采菊，偶然抬起头来，悠然的见了南山，这是何等自然。现在有钱的人住在租界里，雇花匠种数十盆菊花，便做诗，叫作“秋日赏菊效陶彭泽体”，自以为合于渊明的高致，我觉得不大像。

陶潜之在晋末，是和孔融于汉末与嵇康于魏末略同，又是将近易代的时候。但他没有什么慷慨激昂的表示，于是便博得“田园诗人”的名称。但《陶集》里有《述酒》一篇，是说当时政治的。这样看来，可见他于世事也并没有遗忘和冷淡，不过他的态度比嵇康阮籍自然得多，不至于招人注意罢了。还有一个原因，先已说过，是习惯。因为当时饮酒的风气相沿下来，人见了也不觉得奇怪，而且汉魏晋相沿，时代不远，变迁极多，既经见惯，就没有大感触，陶潜之比孔融嵇康和平，是当然的。例如看北朝的墓志，官位升进，往往详细写着，再仔细一看，他是已经经历过两三个朝代了，但当时似乎并不为奇。

据我的意思，即使是从前的人，那诗文完全超于政治的所谓“田园诗人”，“山林诗人”，是没有的。完全超出于人间世的，也是没有的。既然是超出于世，则当然连诗文也没有。诗文也是人事，既有诗，就可以知道于世事未能忘情。譬如墨子兼爱，杨子为我。

墨子当然要著书；杨子就一定不著，这才是“为我”。因为若做出书来给别人看，便变成“为人”了。

由此可知陶潜总不能超于尘世，而且，于朝政还是留心，也不能忘掉“死”，这是他诗文中时时提起的。用别一种看法研究起来，恐怕也会成一个和旧说不同的人物罢。

自汉末至晋末文章的一部分的变化与药及酒之关系，据我所知的大概是这样。但我学识太少，没有详细的研究，在这样的热天和雨天费去了诸位这许多时光，是很抱歉的。现在这个题目总算是讲完了。

于一九二七年七月在广州夏期学术演讲会讲

娜拉走后怎样

我今天要讲的是“娜拉走后怎样？”

伊孛生是十九世纪后半的瑙威的一个文人。他的著作，除了几十首诗之外，其余都是剧本。这些剧本里面，有一时期是大抵含有社会问题的，世间也称作“社会剧”，其中有一篇就是《娜拉》。

《娜拉》一名 Ein Puppenheim，中国译作《傀儡家庭》。但 Puppe 不单是牵线的傀儡，孩子抱着玩的人形也是；引申开去，别人怎么指挥，他便怎么做的人也是。娜拉当初是满足地生活在所谓幸福的家庭里的，但是她竟觉悟了：自己是丈夫的傀儡，孩子们又是她的傀儡。她于是走了，只听得关门声，接着就是闭幕。这想来大家都知道，不必细说了。

娜拉要怎样才不走呢？或者说伊孛生自己有解答，就是 Die Frau vom Meer，《海的女人》，中国有人译作《海上夫人》的。这女人是已经结婚的了，然而先前有一个爱人在海的彼岸，一日突

然寻来，叫她一同去。她便告知她的丈夫，要和那外来人会面。临末，她的丈夫说，“现在放你完全自由。（走与不走）你能够自己选择，并且还要自己负责任。”于是什么事全都改变，她就不走了。这样看来，娜拉倘也得到这样的自由，或者也便可以安住。

但娜拉毕竟是走了的。走了以后怎样？伊孛生并无解答；而且他已经死了。即使不死，他也不负解答的责任。因为伊孛生是在做诗，不是为社会提出问题来而且代为解答。就如黄莺一样，因为他自己要歌唱，所以他歌唱，不是要唱给人们听得有趣，有益。伊孛生是很不通世故的，相传在许多妇女们一同招待他的筵宴上，代表者起来致谢他作了《傀儡家庭》，将女性的自觉，解放这些事，给人心以新的启示的时候，他却答道，“我写那篇却并不是这意思，我不过是做诗。”

娜拉走后怎样？——别人可是也发表过意见的。一个英国人曾作一篇戏剧，说一个新式的女子走出家庭，再也没有路走，终于堕落，进了妓院了。还有一个中国人，——我称他什么呢？上海的文学家罢，——说他所见的《娜拉》是和现译本不同，娜拉终于回来了。这样的本子可惜没有第二人看见，除非是伊孛生自己寄给他的。但从事理上推想起来，娜拉或者也实在只有两条路：不是堕落，就是回来。因为如果是一匹小鸟，则笼子里固然不自由，而一出笼门，外面便又有鹰，有猫，以及别的什么东西之类；倘使已经关得麻痹了翅子，忘却了飞翔，也诚然是无路可以走。还有一条，就是饿死了，但饿死已经离开了生活，更无所谓问题，所以也不是什么路。

人生最苦痛的是梦醒了无路可以走。做梦的人是幸福的；倘没有看出可走的路，最要紧的是不要去惊醒他。你看，唐朝的诗人李贺，不是困顿了一世的么？而他临死的时候，却对他的母亲说，“阿妈，上帝造成了白玉楼，叫我做文章落成去了。”这岂非明明是个诳，一个梦？然而一个小的和一个老的，一个死的和一个活的，死的高兴地死去，活的放心地活着。说诳和做梦，在这些时候便见得伟大。所以我想，假使寻不出路，我们所要的倒是梦。

但是，万不可做将来的梦。阿尔志跋绥夫曾经借了他所做的小说，质问过梦想将来的黄金世界的理想家，因为要造那世界，先唤起许多人们来受苦。他说，“你们将黄金世界预约给他们的子孙了，可是有什么给他们自己呢？”有是有的，就是将来的希望。但代价也太大了，为了这希望，要使人练敏了感觉来更深切地感到自己的苦痛，叫起灵魂来目睹他自己的腐烂的尸骸。惟有说诳和做梦，这些时候便见得伟大。所以我想，假使寻不出路，我们所要的就是梦；但不要将来的梦，只要目前的梦。

然而娜拉既然醒了，是很不容易回到梦境的，因此只得走；可是走了以后，有时却也免不掉堕落或回来。否则，就得问：她除了觉醒的心以外，还带了什么去？倘只有一条像诸君一样的紫红的绒绳的围巾，那可是无论宽到二尺或三尺，也完全是不中用。她还须更富有，提包里有准备，直白地说，就是要有钱。

梦是好的；否则，钱是要紧的。

钱这个字很难听，或者要被高尚的君子们所非笑，但我总觉得人们的议论是不但昨天和今天，即使饭前和饭后，也往往有些差别。凡承认饭需钱买，而以说钱为卑鄙者，倘能按一按他的胃，那里面怕总还有鱼肉没有消化完，须得饿他一天之后，再来听他发议论。

所以为娜拉计，钱，——高雅的说罢，就是经济，是最要紧的了。自由固不是钱所能买到的，但能够为钱而卖掉。人类有一个大缺点，就是常常要饥饿。为补救这缺点起见，为准备不做傀儡起见，在目下的社会里，经济权就见得最要紧了。第一，在家应该先获得男女平均的分配；第二，在社会应该获得男女相等的势力。可惜我不知道这权柄如何取得，单知道仍然要战斗；或者也许比要求参政权更要用剧烈的战斗。

要求经济权固然是很平凡的事，然而也许比要求高尚的参政权以及博大的女子解放之类更烦难。天下事尽有小作为比大作为更烦难的。譬如现在似的冬天，我们只有这一件棉袄，然而必须救助一个将要冻死的苦人，否则便须坐在菩提树下冥想普度一切人类的方法去。普度一切人类和救活一人，大小实在相去太远了，然而倘叫我挑选，我就立刻到菩提树下去坐着，因为免得脱下唯一的棉袄来冻杀自己。所以在家里说要参政权，是不至于大遭反对的，一说到经济的平匀分配，或不免面前就遇见敌人，这就当然要有剧烈的战斗。

战斗不算好事情，我们也不能责成人人都是战士，那么，平和的方法也就可贵了，这就是将来利用了亲权来解放自己的子女。中国的亲权是无上的，那时候，就可以将财产平匀地分配子女们，使他们平和而没有冲突地都得到相等的经济权，此后或者去读书，或者去生发，或者为自己去享用，或者为社会去做事，或者去花完，都请便，自己负责任。这虽然也是颇远的梦，可是比黄金世界的梦近得不少了。但第一需要记性。记性不佳，是有益于己而有害于子孙的。人们因为能忘却，所以自己能渐渐地脱离了受过的苦痛，也因为能忘却，所以往往照样地再犯前人的错误。被虐待的儿媳做了婆婆，仍然虐待儿媳；嫌恶学生的官吏，每是先前痛骂官吏的学生；现在压迫子女的，有时也就是十年前的家庭革命者。这也许与年龄和地位都有关系罢，但记性不佳也是一个很大的原因。救济法就是各人去买一本note-book来，将自己现在的思想举动都记上，作为将来年龄和地位都改变了之后的参考。假如憎恶孩子要到公园去的时候，取来一翻，看见上面有一条道，“我想到中央公园去”，那就即刻心平气和了。别的事也一样。

世间有一种无赖精神，那要义就是韧性。听说拳匪乱后，天津的青皮，就是所谓无赖者很跋扈，譬如给人搬一件行李，他就要两元，对他说这行李小，他说要两元，对他说道路近，他说要两元，对他说不要搬了，他说也仍然要两元。青皮固然是不足为法的，而那韧性却大可以佩服。要求经济权也一样，有人说这事情太陈腐了，

就答道要经济权；说是太卑鄙了，就答道要经济权；说是经济制度就要改变了，用不着再操心，也仍然答道要经济权。

其实，在现在，一个娜拉的出走，或者也许不至于感到困难的，因为这人物很特别，举动也新鲜，能得到若干人们的同情，帮助着生活。生活在人们的同情之下，已经是不自由了，然而倘有一百个娜拉出走，便连同情也减少，有一千一万个出走，就得到厌恶了，断不如自己握着经济权之为可靠。

在经济方面得到自由，就不是傀儡了么？也还是傀儡。无非被人所牵的事可以减少，而自己能牵的傀儡可以增多罢了。因为在现在的社会里，不但女人常作男人的傀儡，就是男人和男人，女人和女人，也相互地作傀儡，男人也常作女人的傀儡，这决不是几个女人取得经济权所能救的。但人不能饿着静候理想世界的到来，至少也得留一点残喘，正如涸辙之鲋，急谋升斗之水一样，就要这较为切近的经济权，一面再想别的法。

如果经济制度竟改革了，那上文当然完全是废话。

然而上文，是又将娜拉当作一个普通的人物而说的，假使她很特别，自己情愿闯出去做牺牲，那就又另是一回事。我们无权去劝诱人做牺牲，也无权去阻止人做牺牲。况且世上也尽有乐于牺牲，乐于受苦的人物。欧洲有一个传说，耶稣去钉十字架时，休息在Ahasvar的檐下，Ahasvar不准他，于是被了咒诅，使他永世不得休息，直到末日裁判的时候。Ahasvar从此就歇不下，只是走，现在还在走。

走是苦的，安息是乐的，他何以不安息呢？虽说背着咒诅，可是大约总该是觉得走比安息还适意，所以始终狂走的罢。

只是这牺牲的适意是属于自己的，与志士们之所谓为社会者无涉。群众，——尤其是中国的，——永远是戏剧的看客。牺牲上场，如果显得慷慨，他们就看了悲壮剧；如果显得觳觫，他们就看了滑稽剧。北京的羊肉铺前常有几个人张着嘴看剥羊，仿佛颇愉快，人的牺牲能给与他们的益处，也不过如此。而况事后走不几步，他们并这一点愉快也就忘却了。

对于这样的群众没有法，只好使他们无戏可看倒是疗救，正无需乎震骇一时的牺牲，不如深沉的韧性的战斗。

可惜中国太难改变了，即使搬动一张桌子，改装一个火炉，几乎也要血；而且即使有了血，也未必一定能搬动，能改装。不是很大的鞭子打在背上，中国自己是不肯动弹的。我想这鞭子总要来，好坏是别一问题，然而总要打到的。但是从那里来，怎么地来，我也是不能确切地知道。

我这讲演也就此完结了。

于一九二三年十二月二十六日在北京女子高等师范学校文艺会讲

发表于次年北京女子高等师范学校《文艺会刊》第六期

陀思妥夫斯基的事

——为日本三笠书房《陀思妥夫斯基全集》普及本作

到了关于陀思妥夫斯基，不能不说一两句话的时候了。说什么呢？他太伟大了，而自己却没有很细心的读过他的作品。

回想起来，在年青时候，读了伟大的文学者的作品，虽然敬服那作者，然而总不能爱的，一共有两个人。一个是但丁，那《神曲》的《炼狱》里，就有我所爱的异端在；有些鬼魂还在把很重的石头，推上峻峭的岩壁去。这是极吃力的工作，但一松手，可就立刻压烂了自己。不知怎地，自己也好像很是疲乏了。于是我就在这地方停住，没有能够走到天国去。

还有一个，就是陀思妥夫斯基。一读他二十四岁时所作的《穷人》，就已经吃惊于他那暮年似的孤寂。到后来，他竟作为罪孽深重的罪人，同时也是残酷的拷问官而出现了。他把小说中的男男女女，放在万难忍受的境遇里，来试炼它们，不但剥去了表面的洁白，拷问出藏在底下的罪恶，而且还要拷问出藏在那罪恶之下的真正的洁白来。而且还不肯爽利的处死，竭力要放它们活得长久。而这陀思妥夫斯基，则仿佛就在和罪人一同苦恼，和拷问官一同高兴着似的。这决不是平常人做得到的事情，总而言之，就因为伟大的缘故。但我自己，却常常想废书不观。

医学者往往用病态来解释陀思妥夫斯基的作品。这伦勃罗梭式的说明，在现今的大多数的国度里，恐怕实在也非常便利，能得一般人们的赞许的。但是，即使他是神经病者，也是俄国专制时代的神经病者，倘若谁身受了和他相类的重压，那么，愈身受，也就会愈懂得他那夹着夸张的真实，热到发冷的热情，快要破裂的忍从，于是爱他起来的罢。

不过作为中国的读者的我，却还不能熟悉陀思妥夫斯基式的忍从——对于横逆之来的真正的忍从。在中国，没有俄国的基督。在中国，君临的是“礼”，不是神。百分之百的忍从，在未嫁就死了定婚的丈夫，坚苦的一直硬活到八十岁的所谓节妇身上，也许偶然可以发见罢，但在一般的人们，却没有。忍从的形式，是有的，然而陀思妥夫斯基式的掘下去，我以为恐怕也还是虚伪。因为压迫者指为被压迫者的不德之一的这虚伪，对于同类，是恶，而对于压迫者，却是道德的。

但是，陀思妥夫斯基式的忍从，终于也并不只成了说教或抗议就完结。因为这是当不住的忍从，太伟大的忍从的缘故。人们也只好带着罪业，一直闯进但丁的天国，在这里这才大家合唱着，再来

修练天人的功德了。只有中庸的人，固然并无坠入地狱的危险，但也恐怕进不了天国的罢。

写于一九三五年十一月二十日

发表于次年日本《文艺》杂志二月号

今天没信收，有些惆怅

我的失恋

——拟古的新打油诗

我的所爱在山腰；
想去寻她山太高，
低头无法泪沾袍。
爱人赠我百蝶巾；
回她什么：猫头鹰。
从此翻脸不理我，
不知何故兮使我心惊。

我的所爱在闹市；
想去寻她人拥挤，
仰头无法泪沾耳。
爱人赠我双燕图；
回她什么：冰糖壶卢。

从此翻脸不理我，
不知何故兮使我胡涂。

我的所爱在河滨；
想去寻她河水深，
歪头无法泪沾襟。
爱人赠我金表索；
回她什么：发汗药。
从此翻脸不理我，
不知何故兮使我神经衰弱。

我的所爱在豪家；
想去寻她兮没有汽车，
摇头无法泪如麻。
爱人赠我玫瑰花；
回她什么：赤练蛇。
从此翻脸不理我，
不知何故兮——由她去罢。

写于一九二四年十月三日

发表于同年十二月八日《语丝》周刊第四期

这才是我说的
今天没信收，有些惆怅

两地书（节选）

厦门—广州（一九二六年九月至一九二七年一月）

广平兄：

依我想，早该得到你的来信了，然而还没有。大约闽粤间的通邮，不大便当，因为并非每日都有船。此地只有一个邮局代办所，星期六下午及星期日不办事，所以今天什么信件也没有——因为是星期——且看明天怎样罢。

我到厦门后发一信（五日），想早到。现在住了已经近十天，渐渐习惯起来了，不过言语仍旧不懂，买东西仍旧不便。开学在二十日，我有六点钟功课，就要忙起来，但未开学之前，却又觉得太闲，有些无聊，倒望从速开学，而且合同的年限早满。学校的房子尚未造齐，所以我暂住在国学院的陈列所空屋里，是三层楼上，眺望风景，极其合宜，我已写好一张有这房子照相的明信片，或者

将与此信一同发出。上遂的事没有结果，我心中很不安，然而也无法可想。

十日之夜发飓风，十分利害，语堂的住宅的房顶也吹破了，门也吹破了，粗如笔管的铜闩也都挤弯，毁东西不少。我住的屋子只破了一扇外层的百叶窗，此外没有损失。今天学校近旁的海边漂来不少东西，有桌子，有枕头，还有死尸，可见别处还翻了船或漂没了房屋。

此地四无人烟，图书馆中书籍不多，常在一处的人，又都是“面笑心不笑”，无话可谈，真是无聊之至。海水浴倒是很近便，但我多年没有浮水了，又想，倘若你在这里，恐怕一定不赞成我这种举动，所以没有去洗，以后也不去洗罢，学校有洗浴处的。夜间，电灯一开，飞虫聚集甚多，几乎不能做事，此后事情一多，大约非早睡而一早起来做不可。

迅。九月十二夜。

今天（十四日）上午到邮政代办所去看看，得到你六日八日的两封来信，高兴极了。此地的代办所太懒，信件往往放在柜台上，不送来，此后来信，可于厦门大学下加“国学院”三字，使他易于投递，且看如何。这几天，我是每日去看的，昨天还未见你的信，因想起报载英国鬼子在广州胡闹，进口船或者要受影响，所以心中很不安，现在放心了。看上海报，北京已戒严，不知何故；女师大

这才是我说的

今天没信收，有些惆怅

已被合并为女子学院，师范部的主任是林素园（小研究系），而且于四日武装接收了，真令人气愤，但此时无暇管也无法管，只得暂且不去理会它，还有将来呢。

回上去讲我途中的事，同房的是一个五十多岁的广东人，姓魏或韦，我没有问清楚，似乎也是民党中人，所以还可谈，也许是老同盟会员罢。但我们不大谈政事，因为彼此都不知道底细，也曾问他从厦门到广州的走法，据说最好是从厦门到汕头，再到广州，和你所闻于客栈中人的话一样。船中的饭菜顿数，与广大同，也有鸡粥；船也很平；但无耶稣教徒，比你所遭遇的好得多了。小船的倾侧，真太危险，幸而终于“马”已登陆，使我得以放心。我到厦门时，亦以小船搬入学校，浪也不小，但我是从小惯于坐小船的，所以一点也没有什么。

我前信似乎说过这里的听差很不好，现在熟识些了，觉得殊不尽然。大约看惯了北京的听差的唯唯从命的，即容易觉得南方人的倔强，其实是南方的等级观念，没有北方之深，所以便是听差，也常有平等言动，现在我和他们的感情好起来了，觉得并不可恶。但茶水很不便，所以我现在少喝茶了，或者这倒是好的。烟卷似乎也比先前少吸。

我上船时，是克士送我去的，还有客栈里的茶房。当未上船之前，我们谈了许多话，我才知道关于我的事情，伏园已经大人的宣传过了，还做些演义。所以上海的有些人，见我们同车到此，便深

信伏园之说了，然而也并不为奇。

我已不喝酒了，饭是每餐一大碗（方底的碗，等于尖底的两碗），但因为此地的菜总是淡而无味（校内的饭菜是不能吃的，我们合雇了一个厨子，每月工钱十元，每人饭菜钱十元，但仍然淡而无味），所以还不免吃点辣椒末，但我还想改良，逐渐停止。

我的功课，大约每周当有六小时，因为语堂希望我多讲，情不可却。其中两点是小说史，无须豫备；两点是专书研究，须豫备；两点是中国文学史，须编讲义。看看这里旧存的讲义，则我随便讲讲就很够了，但我还想认真一点，编成一本较好的文学史。你已在大大地用功，豫备讲义了罢，但每班一小时，八时相同，或者不至于很费力罢。此地北伐顺利的消息也甚多，极快人意。报上又常有闽粤风云紧张之说，在这里却看不出，不过听说鼓浪屿上已有很多寓客，极少空屋了，这屿就在学校对面，坐舢板一二十分钟可到。

迅。九月十四日午。

这才是我说的

今天没信收，有些惆怅

广平兄：

十七日的来信，今天收到了。我从五日发信后，只在十三日发一信片，十四日发一信，中间间隔，的确太多，致使你猜我感冒，我真不知怎样说才好。回想那时，也有些傻气，因为我到此以后，正听见英人在广州肇事，遂疑你所坐的船，亦将为彼等所阻，所以只盼望来信，连寄信的事也拖延了。这结果，却使你久不得我的信。

现在十四的信，总该早到了罢。此后，我又于同日寄《新女性》一本，于十八日寄《彷徨》及《十二个》各一本，于二十日寄信一封（信面却写了廿一），想来都该到在此信之前。

我在这里，不便则有之，身体却好，此地并无人力车，只好坐船或步行，现在已经炼得走扶梯百余级，毫不费力了。眠食也都好，每晚吃金鸡纳霜一粒，别的药一概未吃。昨日到市去，买了一瓶麦精鱼肝油，拟日内吃它。因为此地得开水颇难，所以不能吃散拿吐瑾。但十天内外，我要移住到旧的教员寄宿所去了，那时情形又当与此不同，或者易得开水罢。（教员寄宿舍有两所，一所住单身人者曰“博学楼”，一所住有夫人者曰“兼爱楼”，不知何人所名，颇可笑。）

教科也不算忙，我只六时，开学之结果，专书研究二小时无人

选，只剩了文学史，小说史各二小时了。其中只有文学史须编讲义，大约每星期四五千字即可，我想不管旧有的讲义，而自己好好的来编一编，功罪在所不计。

这学校化钱不可谓不多，而并无基金，也无计划，办事散漫之至，我看是办不好的。

昨天中秋，有月，玉堂送来一筐月饼，大家分吃了，我吃了便睡，我近来睡得早了。

迅。九月二十二日下午。

这才是我说的

今天没信收，有些惆怅

广平兄：

今天是礼拜，大风，但比起那一次来，却差得远了。明天未必一定有从粤来的船，所以昨天写好的两张信，我决计于明天一早寄出。

昨天雇了一个人，叫作流水，然而是替工，今天本人来了，叫作春来，也能说几句普通话，大约可以用罢。今天又买了许多器具，大抵是铝做的，又买了一只小水缸，所以现在是不但茶水饶足，连吃散拿吐瑾也不为难了。（我从这次旅行，才觉到散拿吐瑾是补品中之最麻烦者，因为它须兼用冷水热水两种，别的补品不如此。）

今天忽然有瓦匠来给我刷墙壁了，懒懒地乱了一天。夜间大约也未必能静心编讲义，玩一整天再说罢。

迅。九月二十六日晚七点钟。

广平兄：

廿七日寄上一信，收到了没有？今天是我在等你的信了，据我想，你于廿一二大约该有一封信发出，昨天或今天要到的，然而竟还没有到，所以我等着。

我所辞的兼职（研究教授），终于辞不掉，昨晚又将聘书送来了，据说林玉堂因此一晚睡不着。使玉堂睡不着，我想，这是对他不起的，所以只得收下，将辞意取消。玉堂对于国学院，不可谓不热心，但由我看来，希望不多，第一是没有人才，第二是校长有些掣肘（我觉得这样）。但我仍然做我该做的事，从昨天起，已开手编中国文学史讲义，今天编好了第一章。眠食都好，饭两浅碗，睡觉是可以有八或九小时。

从前天起，开始吃散拿吐瑾，只是白糖无法办理，这里的蚂蚁可怕极了，有一种小而红的，无处不到。我现在将糖放在碗里，将碗放在贮水的盘中，然而倘若偶然忘记，则顷刻之间，满碗都是小蚂蚁。点心也这样。这里的点心很好，而我近来却怕敢买了，买来之后，吃过几个，其余的竟无法安放，我住在四层楼上的时候，常将一包点心和蚂蚁一同抛到草地里去。

这才是我说的

今天没信收，有些惆怅

风也很利害，几乎天天发，较大的时候，令人疑心窗玻璃就要吹破；若在屋外，则走路倘不小心，也可以被吹倒的。现在就呼呼地吹着。我初到时，夜夜听到波声，现在不听见了，因为习惯了，再过几时，风声也会习惯的罢。

现在的天气，同我初来时差不多，须穿夏衣，用凉席，在太阳下行走，即遍身是汁。听说这样的天气，要继续到十月(阳历？)底。

L.S. 九月二十八日夜。

广平兄：

昨天刚寄出一封信，今天就收到你五日的来信了。你这封信，在船上足足躺了七天多，因为有一个北大学生来此做编辑员的，就于五日从广州动身，船因避风，或行或止，直到今天才到，你的信大约就与他同船的。一封信的往返，往往要二十天，真是可叹。

我看你的职务太烦剧了，薪水又这么不可靠，衣服又须如此变化，你够用么？我想：一个人也许应该做点事，但也无须乎劳而无功。天天看学生的脸色办事，于人我都无益，这也就是所谓“敝精神于无用之地”，听说在广州寻事做并不难，你又何必一定要等到学期之末呢？忙自然不妨，但倘若连自己休息的时间都没有，那可是不值得的。

我的能睡，是出于自然的，此地虽然不乏琐事，但究竟没有北京的忙，即如校对等事，在这里就没有。酒是自己不想喝，我在北京，太高兴和太愤懑时就喝酒，这里虽然仍不免有小刺戟，然而不至于“太”，所以可以无须喝了，况且我本来没有瘾。少吸烟卷，可不知道是怎么一回事，大约因为编讲义，只要调查，无须思索之故罢。但近几天可又多吸了一点，因为我连做了四篇《旧事重提》。这东西还有两篇便完，拟下月再做，从明天起，又要编讲义了。

兼士尚未动身，他连替他的人也还未弄妥，但因为急于回北京，听说不往广州了。孙伏园似乎还要去一趟。今天又得李逢吉从大连来信，知道他往广州，但不知道他去作何事。

广东多雨，大气和厦门竟这么不同么？这里不下雨，不过天天有风，而风中很少灰尘，所以并不讨厌。我自从买了火酒灯以后，开水不生问题了，但饭菜总不见佳。从后天起，要换厨子了，然而大概总还是差不多的罢。

迅。十月十二夜。

广平兄：

廿三日得十九日信及文稿后，廿四日即发一信，想已到。廿二日寄来的信，昨天收到了。闽粤间往来的船，当有许多艘，而邮递信件，似乎被一个公司所包办，惟它的船才带信，所以一星期只有两回，上海也如此。我疑心这公司是太古。

我不得同意，不见得用对付少爷们之法，请放心。但据我想，自己是恐怕决不开口的，真是无法可想。这样食少事烦的生活，怎么持久？但既然决心做一学期，又有人来帮忙，做做也好，不过万不要拚命。人固然应该办“公”，然而总须大家都办，倘人们偷懒，而只有几个人拚命，未免太不“公”了，就该适可而止，可以省下的路少走几趟，可以不管的事少做几件，自己也是国民之一，应该爱惜的，谁也没有要求独独几个人应该做得劳苦而死的权利。

我这几年来，常想给别人出一点力。所以在北京时，拚命地做，忘记吃饭，减少睡眠，吃了药来编辑，校对，作文。谁料结出来的，都是苦果子。有些人就将我做广告来自利，不必说了；便是小小的《莽原》，我一走也就闹架。长虹因为社里压下（压下而已）了投稿，和我理论，而社里则时时来信，说没有稿子，催我作文。我实

这才是我说的

今天没信收，有些惆怅

在有些愤愤了，拟至二十四期止，便将《莽原》停刊，没有了刊物，看大家还争持些什么。

我早已有些想到过，你这次出去做事，会有许多莫名其妙的人们来访问你的，或者自称革命家，或者自称文学家，不但访问，还要要求帮忙。我想，你是会去帮的，然而帮忙之后，他们还要大不满足，而且怨恨，因为他们以为你收入甚多，这一点即等于不帮，你说竭力的帮了，乃是你吝啬的谎话。将来或有些失败，便都一哄而散，甚者还要下石，即将访问你时所见的态度，衣饰，住处等等，作为攻击之资，这是对于先前的吝啬的罚。这种情形，我都曾一一尝过了，现在你大约也正要开始尝着这况味。这很使人苦恼，不平，但尝尝也好，因为知道世事就可以更加真切了。但这状态是永续不得的，经验若干时之后，便须恍然大悟，斩钉截铁地将他们撇开，否则，即使将自己全部牺牲了，他们也仍不满足，而且仍不能得救。其实呢，就是你现在见得可怜的所谓“妇孺”，恐怕也不在这例外。

以上是午饭前写的。现在是四点钟，今天没有事了。兼士昨天已走，早上来别。伏园已有信来，云船上大吐（他上船之前喝了酒，活该！），现寓长堤的广泰来客店，大概我信到时，他也许已走了。浙江独立已失败，那时外面的报上虽然说得热闹，但我看见浙江本地报，却很吞吐其词，好像独立之初，本就灰色似的，并不如外间所传的轰轰烈烈，福建事也难明真相，有一种报上说周荫人已为乡

团所杀，我看也未必真。

这里可穿夹衣，晚上或者可加棉坎肩，但近几天又无需了。今天下雨，也并不凉。我自从雇了一个工人之后，比较的便当得多。至于工作，其实也并不多，闲工夫尽有，但我总不做什么事，拿本无聊的书玩玩的时候多，倘连编三四点钟讲义，便觉影响于睡眠，不容易睡着，所以我讲义也编得很慢，而且遇有来催我做文章的，大抵置之不理，做事没有上半年那么急进了，这似乎是退步，但从别一面看，倒是进步也难说。

楼下的后面有一片花圃，用有刺的铁丝拦着，我因为要看它有怎样的拦阻力，前几天跳了一回试试。跳出了，但那刺果然有效，给了我两个小伤，一股上，一膝旁，可是并不深，至多不过一分。这是下午的事，晚上就全愈了，一点没有什么。恐怕这事会招到诰诫，但这是因为知道没有什么危险，所以试试的，倘觉可虑，就很谨慎。例如，这里颇多小蛇，常见被打死者，颚部多不膨大，大抵是没有什么毒的，但到天暗，我便不到草地上走，连夜间小解也不下楼去了，就用磁的唾壶装着，看夜半无人时，即从窗口泼下去。这虽然近于无赖，但学校的设备如此不完全，我也只得如此。

玉堂病已好了。白果已往北京去接家眷，他大概决计要在这里安身立命。我身体是好的，不喝酒，胃口亦佳，心绪比先前较安帖。

迅。十月二十八日。

这才是我说的

今天没信收，有些惆怅

广平兄：

昨上午寄出一信，想已到。下午伏园就回来了，关于学校的事，他不说什么。问了的结果，所知道的是：（1）学校想我去教书，但无聘书；（2）上遂的事尚无结果，最后的答复是“总有法子想”；（3）他自己除编副刊外，也是教授，已有聘书；（4）学校又另电请几个人，内有“现代”派。这样看来，我的行止，当看以后的情形再定。但总当于阴历年假去走一回，这里阳历只放几天，阴历却有三礼拜。

李逢吉前有信来，说访友不遇，要我给他设法绍介，我即寄了一封绍介于陈惺农的信，从此无消息。这回伏园说遇诸途，他早在中大做职员了，也并不去见惺农，这些事真不知是怎么的，我如在做梦。他寄一封信来，并不提起何以不去见陈，但说我如往广州，创造社的人们很喜欢云云，似乎又与他们在一处，真是莫名其妙。

伏园带了杨桃回来，昨晚吃过了，我以为味道并不十分好，而汁多可取，最好是那香气，出于各种水果之上。又有“桂花蝉”和“龙虱”，样子实在好看，但没有一个人敢吃。厦门也有这两种东

西，但不吃。你吃过么？什么味道？

以上是午前写的，写到那地方，须往外面的小饭店去吃饭。因为我的听差不包饭了，说是本校的厨子要打他（这是他的话，确否殊不可知），我们这里虽吃一口饭也就如此麻烦，在饭店里遇见容肇祖（东莞人，本校讲师）和他的满口广东话的太太。对于桂花蝉之类，他们俩的主张就不同，容说好吃的，他的太太说不好吃的。

六日灯下。

从昨天起，吃饭又发生了问题，须上小馆子或买面包来，这种问题都得自己时时操心，所以也不大静得下。我本可以于年底将此地决然舍去，我所迟疑的是怕广州比这里还烦劳，认识我的人们也多，不几天就忙得如在北京一样。

中大的薪水比厦大少，这我倒并不在意，所虑的是功课多，听说每周最多可至十二小时，而做文章一定也万不能免，即如伏园所办的副刊，就非投稿不可，倘再加上别的事情，我就又须吃药做文章了。在这几年中，我很遇见了些文学青年，由经验的结果，觉他们之于我，大抵是可以使役时便竭力使役，可以诘责时便竭力诘责，可以攻击时自然是竭力攻击，因此我于进退去就，颇有戒心，这或也是颓唐之一端，但我觉得这也是环境造成的。

其实我也还有一点野心，也想到广州后，对于“绅士”们仍然加以打击，至多无非不能回北京去，并不在意。第二是与创造社联

这才是我说的

今天没信收，有些惆怅

合起来，造一条战线，更向旧社会进攻，我再勉力写些文字。但不知怎的，看见伏园回来吞吞吐吐之后，便又不作此想了。然而这也不过是近一两天如此，究竟如何，还当看后来的情形的。

今天大风，仍为吃饭而奔忙；又是礼拜，陪了半天客，无聊得头昏眼花了，所以心绪不大好，发了一通牢骚，望勿以为虑，静一静又会好的。

明天想寄给你一包书，没有什么好的，自己如不要，可以分给别人。

迅。十一月七日灯下。

广平兄：

十六日得十二日信后，即复一函，想已到。我猜想一两日内当有信来，但此刻还没有，就先写几句，豫备明天发出。

伏园前天晚上走了，昨晨开船。现在你也许已经看见过。中大有无可做的事，我已托他探问，但不知结果如何。上遂南归，杳无消息，真是奇怪，所以他的事情也无从计划。

我这里是什么事也没有发生，不过前几天很阔了一通，将伏园的火腿用江瑶柱煮了一大锅，吃了。我又从杭州带来茶叶两斤，每斤二元，喝着。伏园走后，庶务科便派人来和我商量，要我搬到他所住过的半间小屋子里去。我即和气的回答他：一定可以，不过可否再缓一个多月的样子，那时我一定搬。他们满意而去了。

其实，教员的薪水，少一点倒不妨的，只是必须顾到他的居住饮食，并给以相当的尊重。可怜他们全不知道，看人如一把椅子或一个箱子，搬来搬去，弄不完，幸而我就要搬出，否则，恐怕要成为旅行式的教授的。

朱山根已经知道我必走，较先前安静得多了，但听说他的“学问”好像也已讲完，渐渐讲不出来，在讲堂上愈加装口吃。田千顷是只能在会场上唱昆腔，真是到了所谓“俳优蓄之”的境遇。但此辈也正和此地相宜。

我很好，手指早已不抖，前信已经声明。厨房的饭又克减了，每餐复归于一碗半，幸而我还够吃，又幸而只有四十天了。北京上海的信虽有来的，而印刷物多日不到，不知其故何也。再谈。

迅。十二月二十日午后。

现已夜十一时，终不得信，此信明天寄出罢。

二十日夜。

北平—上海（一九二九年五月至六月）

D.H.M：

二十一日午后发了一封信，晚上便收到十七日来信，今天上午又收到十八日来信，每信五天，好像交通十分准确似的。但我赴沪时想坐船，据凤举说，日本船并不坏，二等六十元，不过比火车为慢而已。至于风浪，则夏期一向很平静。但究竟如何，还须俟十天以后看情形决定。不过我是总想于六月四五日动身的，所以此信到时，倘是廿八九，那就不必写信来了。

我到北平，已一星期，其间无非是吃饭，睡觉，访人，陪客，此外什么也不做。文章是没有一句。昨天访了几个教育部旧同事，都穷透了，没有事做，又不能回家。今天和张凤举谈了两点钟天，傍晚往燕京大学讲演了一点钟，照例说些成仿吾徐志摩之类，听的人颇不少——不过也不是都为了来听讲演的。这天有一个人对我说：燕大是有钱而请不到好教员，你可以来此教书了。我即答以我奔波了几年，已经心粗气浮，不能教书了。D.H.，我想，这些好地方，还是请他们绅士们去占有罢，咱们还是漂流几时的好。沈士远也在那里做教授，听说全家住在那里面，但我没有工夫去看他。

今天寄到一本《红玫瑰》，陈西滢和凌叔华的照片都登上了。胡适之的诗载于《礼拜六》，他们的像见于《红玫瑰》，时光老人的力量，真能逐渐的显出“物以类聚”的真实。

云南腿已将吃完，很好，肉多，油也足，可惜这里的做法千篇一律，总是蒸。带回来的鱼肝油也已吃完，新买了一瓶，价钱是二元二角。

云章未到西三条来，所以不知道她住在何处，小鹿也没有来过。

北平久不下雨，比之南方的梅雨天，真有“霄壤之别”。所有带来的夹衣，都已无用，何况绒衫。我从明天起，想去医牙齿，大约有一星期，总可以补好了。至于时局，若以询人，则因其人之派别，而所答不同，所以我也不加深究。总之，到下月初，京津车总该是可走的。那么，就可以了。

这里的空气真是沉静，和上海的烦扰险恶，大不相同，所以我是平安的。然而也静不下，惟看来信，知道你在上海都好，也就暂自宽慰了。但愿能够这样的继续下去，不再疏懈才好。

L. 五月廿二夜一时。

D.H：

此刻是二十九夜十二点，原以为可得你的来信的了，因为我料定你于廿一日的信以后，必已发了昨今可到的两三信，但今未得，这一定是被奉安列车耽搁了，听说星期一的通车，也还没有到。

今天上午来了一个客。下午到未名社去，晚上他们邀我去吃晚饭，在东安市场森隆饭店，七点钟到北大第二院演讲一小时，听者有千余人，大约北平寂寞已久，所以学生们很以这类事为新鲜了。八时，尹默凤举等又为我饯行，仍在森隆，不得不赴，但吃得少些，十一点才回寓。现已吃了三粒消化丸，写了这一张信，即将睡觉了，因为明天早晨，须往西山看韦漱园去。

今天虽因得不到来信，稍觉怅怅，但我知道迟延的原因，所以睡得着的，并祝你在上海也睡得安适。

L. 二十九夜。

这才是我说的

今天没信收，有些惆怅

致青年人：我不是你的导师

导　师

近来很通行说青年；开口青年，闭口也是青年。但青年又何能一概而论？有醒着的，有睡着的，有昏着的，有躺着的，有玩着的，此外还多。但是，自然也有要前进的。

要前进的青年们大抵想寻求一个导师。然而我敢说：他们将永远寻不到。寻不到倒是运气；自知的谢不敏，自许的果真识路么？凡自以为识路者，总过了“而立”之年，灰色可掬了，老态可掬了，圆稳而已，自己却误以为识路。假如真识路，自己就早进向他的目标，何至于还在做导师。说佛法的和尚，卖仙药的道士，将来都与白骨是“一丘之貉”，人们现在却向他听生西的大法，求上升的真传，岂不可笑！

但是我并非敢将这些人一切抹杀；和他们随便谈谈，是可以的。说话的也不过能说话，弄笔的也不过能弄笔；别人如果希望他打拳，则是自己错。他如果能打拳，早已打拳了，但那时，别人大概又要

希望他翻筋斗。

有些青年似乎也觉悟了，我记得《京报副刊》征求青年必读书时，曾有一位发过牢骚，终于说：只有自己可靠！我现在还想斗胆转一句，虽然有些杀风景，就是：自己也未必可靠的。

我们都不大有记性。这也无怪，人生苦痛的事太多了，尤其是在中国。记性好的，大概都被厚重的苦痛压死了；只有记性坏的，适者生存，还能欣然活着。但我们究竟还有一点记忆，回想起来，怎样的“今是昨非”呵，怎样的“口是心非”呵，怎样的“今日之我与昨日之我战”呵。我们还没有正在饿得要死时于无人处见别人的饭，正在穷得要死时于无人处见别人的钱，正在性欲旺盛时遇见异性，而且很美的。我想，大话不宜讲得太早，否则，倘有记性，将来想到时会脸红。

或者还是知道自己之不甚可靠者，倒较为可靠罢。

青年又何须寻那挂着金字招牌的导师呢？不如寻朋友，联合起来，同向着似乎可以生存的方向走。你们所多的是生力，遇见深林，可以辟成平地的，遇见旷野，可以栽种树木的，遇见沙漠，可以开掘井泉的。问什么荆棘塞途的老路，寻什么乌烟瘴气的鸟导师！

写于一九二五年五月十一日

发表于同年五月十五日《莽原》周刊第四期

未有天才之前

我自己觉得我的讲话不能使诸君有益或者有趣，因为我实在不知道什么事，但推托拖延得太长久了，所以终于不能不到这里来说几句。

我看现在许多人对于文艺界的要求的呼声之中，要求天才的产生也可以算是很盛大的了，这显然可以反证两件事：一是中国现在没有一个天才，二是大家对于现在的艺术的厌薄。天才究竟有没有？也许有着罢，然而我们和别人都没有见。倘使据了见闻，就可以说没有；不但天才，还有使天才得以生长的民众。

天才并不是自生自长在深林荒野里的怪物，是由可以使天才生长的民众产生，长育出来的，所以没有这种民众，就没有天才。有一回拿破仑过 Alps 山，说，“我比 Alps 山还要高！”这何等英伟，然而不要忘记他后面跟着许多兵；倘没有兵，那只有被山那面的敌人捉住或者赶回，他的举动，言语，都离了英雄的界线，要归入疯

子一类了。所以我想，在要求天才的产生之前，应该先要求可以使天才生长的民众。——譬如想有乔木，想看好花，一定要有好土；没有土，便没有花木了；所以土实在较花木还重要。花木非有土不可，正同拿破仑非有好兵不可一样。

然而现在社会上的论调和趋势，一面固然要求天才，一面却要他灭亡，连预备的土也想扫尽。举出几样来说：

其一就是“整理国故”。自从新思潮来到中国以后，其实何尝有力，而一群老头子，还有少年，却已丧魂失魄的来讲国故了，他们说，“中国自有许多好东西，都不整理保存，倒去求新，正如放弃祖宗遗产一样不肖。”抬出祖宗来说法，那自然是极威严的，然而我总不信在旧马褂未曾洗净叠好之前，便不能做一件新马褂。就现状而言，做事本来还随各人的自便，老先生要整理国故，当然不妨去埋在南窗下读死书，至于青年，却自有他们的活学问和新艺术，各干各事，也还没有大妨害的，但若拿了这面旗子来号召，那就是要中国永远与世界隔绝了。倘以为大家非此不可，那更是荒谬绝伦！我们和古董商人谈天，他自然总称赞他的古董如何好，然而他决不痛骂画家，农夫，工匠等类，说是忘记了祖宗：他实在比许多国学家聪明得远。

其一是“崇拜创作”。从表面上看来，似乎这和要求天才的步调很相合，其实不然。那精神中，很含有排斥外来思想，异域情调的分子，所以也就是可以使中国和世界潮流隔绝的。许多人对于托尔斯泰，都介涅夫，陀思妥夫斯奇的名字，已经厌听了，然而他们的著作，有什么译到中国来？眼光囚在一国里，听谈彼得和约翰就生厌，定须张三李四才行，于是创作家出来了，从实说，好的也离不了刺取点外国作品的技术和神情，文笔或者漂亮，思想往往赶不上翻译品，甚者还要加上些传统思想，使他适合于中国人的老脾气，而读者却已为他所牢笼了，于是眼界便渐渐的狭小，几乎要缩进旧圈套里去。作者和读者互相为因果，排斥异流，抬上国粹，那里会有天才产生？即使产生了，也是活不下去的。

这样的风气的民众是灰尘，不是泥土，在他这里长不出好花和乔木来！

还有一样是恶意的批评。大家的要求批评家的出现，也由来已久了，到目下就出了许多批评家。可惜他们之中很有不少是不平家，不像批评家，作品才到面前，便恨恨地磨墨，立刻写出很高明的结论道，“唉，幼稚得很。中国要天才！”到后来，连并非批评家也这样叫喊了，他是听来的。其实即使天才，在生下来的时候的第一声啼哭，也和平常的儿童的一样，决不会就是一首好诗。因为幼稚，当头加以戕贼，也可以萎死的。我亲见几个作者，都被他们骂得寒噤了。那些作者大约自然不是天才，然而我的希望是便是常人也留着。

恶意的批评家在嫩苗的地上驰马，那当然是十分快意的事；然而遭殃的是嫩苗——平常的苗和天才的苗。幼稚对于老成，有如孩子对于老人，决没有什么耻辱；作品也一样，起初幼稚，不算耻辱的。因为倘不遭了戕贼，他就会生长，成熟，老成；独有老衰和腐败，倒是

无药可救的事！我以为幼稚的人，或者老大的人，如有幼稚的心，就说幼稚的话，只为自己要说而说，说出之后，至多到印出之后，自己的事就完了，对于无论打着什么旗子的批评，都可以置之不理的！

就是在座的诸君，料来也十之九愿有天才的产生罢，然而情形是这样，不但产生天才难，单是有培养天才的泥土也难。我想，天才大半是天赋的；独有这培养天才的泥土，似乎大家都可以做。做土的功效，比要求天才还切近；否则，纵有成千成百的天才，也因为没有泥土，不能发达，要像一碟子绿豆芽。

做土要扩大了精神，就是收纳新潮，脱离旧套，能够容纳，了解那将来产生的天才；又要不怕做小事业，就是能创作的自然是创作，否则翻译，介绍，欣赏，读，看，消闲都可以。以文艺来消闲，说来似乎有些可笑，但究竟较胜于戕贼他。

泥土和天才比，当然是不足齿数的，然而不是坚苦卓绝者，也怕不容易做；不过事在人为，比空等天赋的天才有把握。这一点，是泥土的伟大的地方，也是反有大希望的地方。而且也有报酬，譬如好花从泥土里出来，看的人固然欣然的赏鉴，泥土也可以欣然的赏鉴，正不必花卉自身，这才心旷神怡的——假如当作泥土也有灵魂的说。

于一九二四年一月十七日在北京师范大学附属中学校友会讲

发表于同年北京师范大学附属中学《校友会刊》第一期

无声的中国

以我这样没有什么可听的无聊的讲演，又在这样大雨的时候，竟还有这许多来听的诸君，我首先应当声明我的郑重的感谢。

我现在所讲的题目是：《无声的中国》。

现在，浙江，陕西，都在打仗，那里的人民哭着呢还是笑着呢，我们不知道。香港似乎很太平，住在这里的中国人，舒服呢还是不很舒服呢，别人也不知道。

发表自己的思想，感情给大家知道的是要用文章的，然而拿文章来达意，现在一般的中国人还做不到。这也怪不得我们；因为那文字，先就是我们的祖先留传给我们的可怕的遗产。人们费了多年的工夫，还是难于运用。因为难，许多人便不埋它了，甚至于连自己的姓也写不清是张还是章，或者简直不会写，或者说道：Chang。虽然能说话，而只有几个人听到，远处的人们便不知道，结果也等于无声。又因为难，有些人便当作宝贝，像玩把戏似的，

之乎者也，只有几个人懂，——其实是不知道可真懂，而大多数的人们却不懂得，结果也等于无声。

文明人和野蛮人的分别，其一，是文明人有文字，能够把他们的思想，感情，藉此传给大众，传给将来。中国虽然有文字，现在却已经和大家不相干，用的是难懂的古文，讲的是陈旧的古意思，所有的声音，都是过去的，都就是只等于零的。所以，大家不能互相了解，正像一大盘散沙。

将文章当作古董，以不能使人认识，使人懂得为好，也许是有趣的事罢。但是，结果怎样呢？是我们已经不能将我们想说的话说出来。我们受了损害，受了侮辱，总是不能说出些应说的话。拿最近的事情来说，如中日战争，拳匪事件，民元革命这些大事件，一直到现在，我们可有一部像样的著作？民国以来，也还是谁也不作声。反而在外国，倒常有说起中国的，但那都不是中国人自己的声音，是别人的声音。

这不能说话的毛病，在明朝是还没有这样厉害的；他们还比较地能够说些要说的话。待到满洲人以异族侵入中国，讲历史的，尤其是讲宋末的事情的人被杀害了，讲时事的自然也被杀害了。所以，到乾隆年间，人民大家便更不敢用文章来说话了。所谓读书人，便只好躲起来读经，校刊古书，做些古时的文章，和当时毫无关系的文章。有些新意，也还是不行的；不是学韩，便是学苏。韩愈苏轼他们，用他们自己的文章来说当时要说的话，那当然可以的。我们却并非唐宋时人，怎么做和我们毫无关系的时候的文章呢？即使做得像，也是唐宋时代的声音，韩愈苏轼的声音，而不是我们现代的声音。然而直到现在，中国人却还要着这样的旧戏法。人是有的，没有声音，寂寞得很。——人会没有声音的么？没有，可以说：是死了。倘要说得客气一点，那就是：已经哑了。

要恢复这多年无声的中国，是不容易的，正如命令一个死掉的人道："你活过来！"我虽然并不懂得宗教，但我以为正如想出现一个宗教上之所谓"奇迹"一样。

首先来尝试这工作的是"五四运动"前一年，胡适之先生所提倡的"文学革命"。"革命"这两个字，在这里不知道可害怕，有些地方是一听到就害怕的。但这和文学两字连起来的"革命"，却没有法国革命的"革命"那么可怕，不过是革新，改换一个字，就很平和了，我们就称为"文学革新"罢，中国文字上，这样的花样是很多的。那大意也并不可怕，不过说：我们不必再去费尽心机，学说古代的死人的话，要说现代的活人的话；不要将文章看作古董，要做容易懂得的白话的文章。然而，单是文学革新是不够的，因为腐败思想，能用古文做，也能用白话做。所以后来就有人提倡思想革新。思想革新的结果，是发生社会革新运动。这运动一发生，自然一面就发生反动，于是便酿成战斗……。

但是，在中国，刚刚提起文学革新，就有反动了。不过白话文却渐渐风行起来，不大受阻碍。这是怎么一回事呢？就因为当时又

有钱玄同先生提倡废止汉字，用罗马字母来替代。这本也不过是一种文字革新，很平常的，但被不喜欢改革的中国人听见，就大不得了了，于是便放过了比较的平和的文学革命，而竭力来骂钱玄同。白话乘了这一个机会，居然减去了许多敌人，反而没有阻碍，能够流行了。

中国人的性情是总喜欢调和，折中的。譬如你说，这屋子太暗，须在这里开一个窗，大家一定不允许的。但如果你主张拆掉屋顶，他们就会来调和，愿意开窗了。没有更激烈的主张，他们总连平和的改革也不肯行。那时白话文之得以通行，就因为有废掉中国字而用罗马字母的议论的缘故。

其实，文言和白话的优劣的讨论，本该早已过去了，但中国是总不肯早早解决的，到现在还有许多无谓的议论。例如，有的说：古文各省人都能懂，白话就各处不同，反而不能互相了解了。殊不知这只要教育普及和交通发达就好，那时就人人都能懂较为易解的白话文；至于古文，何尝各省人都能懂，便是一省里，也没有许多人懂得的。有的说：如果都用白话文，人们便不能看古书，中国的文化就灭亡了。其实呢，现在的人们大可以不必看古书，即使古书里真有好东西，也可以用白话来译出的，用不着那么心惊胆战。他们又有人说，外国尚且译中国书，足见其好，我们自己倒不看么？殊不知埃及的古书，外国人也译，非洲黑人的神话，外国人也译，他们别有用意，即使译出，也算不了怎样光荣的事的。

近来还有一种说法，是思想革新紧要，文字改革倒在其次，所以不如用浅显的文言来作新思想的文章，可以少招一重反对。这话似乎也有理。然而我们知道，连他长指甲都不肯剪去的人，是决不肯剪去他的辫子的。

因为我们说着古代的话，说着大家不明白，不听见的话，已经弄得像一盘散沙，痛痒不相关了。我们要活过来，首先就须由青年们不再说孔子孟子和韩愈柳宗元们的话。时代不同，情形也两样，孔子时代的香港不这样，孔子口调的“香港论”是无从做起的，“吁嗟阔哉香港也”，不过是笑话。

我们要说现代的，自己的话；用活着的白话，将自己的思想，感情直白地说出来。但是，这也要受前辈先生非笑的。他们说白话文卑鄙，没有价值；他们说年青人作品幼稚，贻笑大方。我们中国能做文言的有多少呢，其余的都只能说白话，难道这许多中国人，就都是卑鄙，没有价值的么？至于幼稚，尤其没有什么可羞，正如孩子对于老人，毫没有什么可羞一样。幼稚是会生长，会成熟的，只不要衰老，腐败，就好。倘说待到纯熟了才可以动手，那是虽是村妇也不至于这样蠢。她的孩子学走路，即使跌倒了，她决不至于叫孩子从此躺在床上，待到学会了走法再下地面来的。

青年们先可以将中国变成一个有声的中国。大胆地说话，勇敢地进行，忘掉了一切利害，推开了古人，将自己的真心的话发表出来。——真，自然是不容易的。譬如态度，就不容易真，讲演时候

就不是我的真态度，因为我对朋友，孩子说话时候的态度是不这样的。——但总可以说些较真的话，发些较真的声音。只有真的声音，才能感动中国的人和世界的人；必须有了真的声音，才能和世界的人同在世界上生活。

我们试想现在没有声音的民族是那几种民族。我们可听到埃及人的声音？可听到安南，朝鲜的声音？印度除了泰戈尔，别的声音可还有？

我们此后实在只有两条路：一是抱着古文而死掉，一是舍掉古文而生存。

于一九二七年二月十六日在香港青年会讲

青年必读书

——应《京报副刊》的征求

<table>
<tr><td>青年必读书</td><td>从来没有留心过，
所以现在说不出。</td></tr>
<tr><td>附

注</td><td>但我要趁这机会，略说自己的经验，以供若干读者的参考——
我看中国书时，总觉得就沉静下去，与实人生离开；读外国书——但除了印度——时，往往就与人生接触，想做点事。
中国书虽有劝人入世的话，也多是僵尸的乐观；外国书即使是颓唐和厌世的，但却是活人的颓唐和厌世。
我以为要少——或者竟不——看中国书，多看外国书。
少看中国书，其结果不过不能作文而已。但现在的青年最要紧的是“行”，不是“言”。只要是活人，不能作文算什么大不了的事。
（二月十日。）</td></tr>
</table>

写于一九二五年二月十日

发表于同年二月二十一日《京报副刊》

北京通信

蕴儒，培良两兄：

昨天收到两份《豫报》，使我非常快活，尤其是见了那《副刊》。因为它那蓬勃的朝气，实在是在我先前的豫想以上。你想：从有着很古的历史的中州，传来了青年的声音，仿佛在豫告这古国将要复活，这是一件如何可喜的事呢？

倘使我有这力量，我自然极愿意有所贡献于河南的青年。但不幸我竟力不从心，因为我自己也正站在歧路上，——或者，说得较有希望些：站在十字路口。站在歧路上是几乎难于举足，站在十字路口，是可走的道路很多。我自己，是什么也不怕的，生命是我自己的东西，所以我不妨大步走去，向着我自以为可以走去的路；即使前面是深渊，荆棘，狭谷，火坑，都由我自己负责。然而向青年说话可就难了，如果盲人瞎马，引入危途，我就该得谋杀许多人命的罪孽。

所以，我终于还不想劝青年一同走我所走的路；我们的年龄，境遇，都不相同，思想的归宿大概总不能一致的罢。但倘若一定要问我青年应当向怎样的目标，那么，我只可以说出我为别人设计的话，就是：一要生存，二要温饱，三要发展。有敢来阻碍这三事者，无论是谁，我们都反抗他，扑灭他！

可是还得附加几句话以免误解，就是：我之所谓生存，并不是苟活；所谓温饱，并不是奢侈；所谓发展，也不是放纵。

中国古来，一向是最注重于生存的，什么“知命者不立于岩墙之下”咧，什么“千金之子坐不垂堂”咧，什么“身体发肤受之父母不敢毁伤”咧，竟有父母愿意儿子吸鸦片的，一吸，他就不至于到外面去，有倾家荡产之虞了。可是这一流人家，家业也决不能长保，因为这是苟活。苟活就是活不下去的初步，所以到后来，他就活不下去了。意图生存，而太卑怯，结果就得死亡。以中国古训中教人苟活的格言如此之多，而中国人偏多死亡，外族偏多侵入，结果适得其反，可见我们蔑弃古训，是刻不容缓的了。这实在是无可奈何，因为我们要生活，而且不是苟活的缘故。

中国人虽然想了各种苟活的理想乡，可惜终于没有实现。但我却替他们发见了，你们大概知道的罢，就是北京的第一监狱。这监狱在宣武门外的空地里，不怕邻家的火灾；每日两餐，不虑冻馁；起居有定，不会伤生；构造坚固，不会倒塌；禁卒管看，不会再犯罪；强盗是决不会来抢的。住在里面，何等安全，真真是“千金之

子坐不垂堂”了。但阙少的就有一件事：自由。

古训所教的就是这样的生活法，教人不要动。不动，失错当然就较少了，但不活的岩石泥沙，失错不是更少么？我以为人类为向上，即发展起见，应该活动，活动而有若干失错，也不要紧。惟独半死半生的苟活，是全盘失错的。因为他挂了生活的招牌，其实却引人到死路上去！

我想，我们总得将青年从牢狱里引出来，路上的危险，当然是有的，但这是求生的偶然的危险，无从逃避。想逃避，就须度那古人所希求的第一监狱式生活了，可是真在第一监狱里的犯人，都想早些释放，虽然外面并不比狱里安全。

北京暖和起来了；我的院子里种了几株丁香，活了；还有两株榆叶梅，至今还未发芽，不知道他是否活着。

昨天闹了一个小乱子，许多学生被打伤了；听说还有死的，我不知道确否。其实，只要听他们开会，结果不过是开会而已，因为加了强力的迫压，遂闹出开会以上的事来。俄国的革命，不就是从这样的路径出发的么？

夜深了，就此搁笔，后来再谈罢。

鲁迅。五月八日夜。

写于一九二五年五月八日

发表于一九二五年五月十四日开封《豫报副刊》

附　录

鲁迅曾说过:“一个作者自取的别名,自然可以窥见他的思想。”

据统计，目前已经发现的鲁迅的笔名有183个，其中：

一字笔名有16个：卂、飞、树、俟、独、洛、干、豫、L、干、敖、隼、旁、迅、直、庚；

二字笔名有117个：翁隼、唐俟、旅隼、朔尔、家干、苇索、杜斐、何干、干凡、一尊、余铭、译者、张沛、阿二、阿法、苗挺、直入、明瑟、罗怃、佩韦、周树、周悼、庚辰、庚言、孟弧、封余、荀继、茹莼、树人、候堂、飞斐、冬华、乐文、洛文、乐贲、乐雯、品音、记者、家斡、宴教、冥昭、焉于、梦文、雪之、常庚、曼雪、崇巽、符灵、康郁、隋文、越丁、越山、越侨、越容、楮冠、鲁迅、尊古、游光、遐观、编者、虞明、豫才、燕客、霍冲、孺牛、L.S.、丁玚、丁萌、士繇、E.L.、及锋、之达、子明、丰瑜、元良、元期、不堂、中头、中拉、长庚、公汗、风声、巴人、龙刚、尤刚、且介、且文、史赉、史癖、白舌、白道、令飞、自树、许遐、许霞、鲁行、迅行、独立、姜珂、黄棘、洛文、神飞、敖者、莫朕、桃椎、索士、索子、动轩、仲度、华圉、阿张、豫山、樟寿、豫亭、符买、俟堂、晓角；

三字笔名有37个：华约瑟、齐物论、唐丰瑜、唐元期、黄凯音、戛剑生、康伯（白）度、隋洛文、葛何德、董季荷、敬一尊、朝花社、编辑者、编纂者、纂述者、杜德机、何家干、何家斡、即鲁迅、张承禄、张禄如、周玉才、周动轩、小孩子、丰之余（瑜）、韦士繇、邓当世、白在宣、周树人、周樟寿、周豫才、宓子章、赵令仪、某生者、倪朔尔、栾廷石、孺子牛；

四字笔名有5个：宴之教者、宴之敖者、ELEF、旅沪记者、楮冠病叟；

五字笔名有7个：朝花社同人、中国教育社、奔流社同人、诸夏怀霜社、译文社同人、铁木艺术社、旅沪一记者；

六字笔名有1个：上海三闲书屋。